淡茶

D E A R + N O V E L

斜向かいのヘブン

砂原糖子
Touko SUNAHARA

新書館ディアプラス文庫

S H I N S H O K A N

斜向かいのヘブン

目次

イラストレーション／依田沙江美

…斜向かいのヘブン…

羽村《はむら》主任こと、羽村紘人《はむらひろひと》が笑ったのは、昼休みが終わったばかりの時刻だった。馴染《なじ》みの店のランチで満たされた腹を抱え、パソコンを睨みつける振りをして久條《くじょう》が眠気と戦っていたときだ。

斜向《はすむ》かいのデスクで、羽村がふいにくすりと笑った。

入社して三年と少し。栄転だか左遷《させん》だか判らない微妙な配属で春にこの支店に転属になって四ヵ月、久條柾己《まさき》は彼が笑ったところを初めて見た。

別に笑い転げずにはいられない珍事が起こったわけではない。机の島の端、窓際のデスクで課長がいつものくだらない駄洒落《だじゃれ》を飛ばしただけだった。

なんと言ったのか。よく聞き取っていなかったが、仮に『布団が吹っ飛んだ』だったとしておいてもなんら問題はないだろう。突き出た腹でベルトをたわませた課長は、気のいい中年オヤジだが、ジョークセンスはいただけない。そのレベルときたら、新入社員が入社して数ヵ月まではどうにかお愛想で笑ってくれる程度だ。

とにかく羽村が笑った。書類に目線を落としたまま小さく笑《え》んだ男の顔に、久條は目が釘づけになった。

ほんの一瞬の出来事。ライトグレーのすっきりしたスーツの肩を僅《わず》かに震わせ、男が口元を緩《ゆる》める。薄い唇が笑みを形作る。ひゅっと空気が抜けるような、微《かす》かな笑い声が漏れ聞こえた。引き結んでいるのが常の唇が捲《めく》れ上《あ》がり、白いものが覗く。

左右対称に覗いたのは――輝くほどに白く、そして前方に盛り上がった二本の犬歯《けんし》だった。八重歯だ。小さく尖《とが》ったどことなく可愛らしいそれは、物静かでノーブルな顔立ちの男にはあまりにも不釣合いで、久條は驚きを隠せなかった。

「羽村さん、八重歯あるんですね」

思わず声をかけた。

童顔に変貌した顔を、男は途端に隠す。口元を手で覆い、困ったような目をこちらに向け、斜向かいの席の男は言った。

「あ…あぁ俺、吸血鬼だから」

『…っていえば、知ってる？　支店の経理の下井《しもい》さん、寿退社だって』

じりじりとアスファルトを焦《こ》がすような熱気が、舗道を覆い尽くしていた。

暑い。表を歩けば、ただもうそれだけしか頭に浮かばないような酷暑の七月中旬。久條は携帯電話を耳に押し当て、ビルの谷間を彷徨《さまよ》い歩いていた。

いや、行く先は営業先と決まっているのだが、気分は砂漠の遭難者。電話の向こうの言葉が一部届かずとも、聞き返す気力もない。

「ふーん、そうなのか」

『なに、驚かないの？　知らなかったんでしょ？』

おざなりの返事に、不満げな女性の声が返ってくる。歯切れのよい明朗な声は、本社総務課の小山美鈴《こやまみすず》だった。

「驚いてはいるけど…ていうか、なんで同じフロアの俺も知らないことをおまえが知ってるんだ？」

『うちの課長がどこからか聞きつけてきたのよ。ほら、下井さんって美人じゃない？　会社案内のパンフレットにも載ったことあるし、本社でも有名よ。ねぇねぇ、相手は社外の人らしいけど、そっちの男の人たち悔し涙飲んでんじゃないの？』

「さぁ、どうだろ」

受話器の向こうからは、微かに軽快な音楽が聞こえていた。ジャパニーズポップス。そういえば本社では昼休みに誰かがいつもＦＭラジオをつけていた気がする。

転勤前は当たり前に過ごしていた名古屋のオフィスを、いつの間にか忘れかけていた。

中部から関東へ。久條の勤める消防設備会社は、名古屋が本社で東京は支店だった。転勤で上京といっても、評価が上がったんだか下がったんだか——単に人手が足りないから飛ばされた、そんなところか。

『どうだろって、柾己は興味ないの？』

「下井さん？　そんな風に考えたこともないな」

『そうなの？　枉己って案外ドライだもんね。いちいち女に興味もってられないんでしょ？』

異性に興味がないなら、炎天下にこんなお喋《しゃべ》りに付き合ったりもしない。

美鈴は時折昼休みに電話を寄越してくる。

二十五歳の久條より、三つばかり年上の二十八歳。

小山美鈴は久條の恋人だった。

『だった』というのは、最近よく判らなくなってきたからだ。物理的な距離は関係を不安定にさせる。

『下井さんってさ、私と同期なのよね。新入社員研修のときはずっと一緒で、仲良かったのよ。随分前のことになっちゃったけど』

「へぇ、初耳だな…」

相槌《あいづち》を入れながら身を捩《よじ》った。電話の声に気を取られ、危うく前からきた女性グループにぶつかりそうになる。

弁当屋の袋を揃《そろ》いで提げた、若いＯＬの四人組だ。一列の横並びで歩道を我が物顔で歩いていく。

からからとした笑い声。涼しげな表情。

――暑くないのか？

脇を通り過ぎながら不審に思う。

身長の分だけ太陽に近いがゆえ、自分のほうが暑いのだろうか。

久條は身長は百八十ちょいと長身だった。クマ男ではなく、どちらかといえば痩《や》せているが、女性よりは圧倒的に肩幅も胸板も広い。

そうだ髪の毛。

頭が黒いせいかもしれない。

癖がないというより『直毛』という表現がしっくりきてしまう久條の髪は、どこまでも熱を吸収しそうな色だ。生まれてこの方染めた例《ため》しのない黒髪は、コントラストの効いた凛々《りり》しい顔立ちとはバランスが取れていた。

――こいつのせいか？

歩みに合わせて揺れる前髪を携帯電話のアンテナ部分で払い、何を寝惚《ねぼ》けたことを考えているんだと思った。

くだらない。暑さに身長も黒髪も関係あるか。

まぁ暑さの感知レベルはさておき、男と女の感覚とやらに大きな開きがあるのは間違いなかった。

『寿退社って聞いてさ、一番ショック受けてるのは私かも。うちの会社って体制古いし、結婚したら決まってみんな辞めてくんだもん。焦《あせ》るよね』

彼女の声は、さばさばした口調のままだった。

四ヵ月前、転勤の知らせを聞いて、さめざめと泣いて見せた女の声とは思えない。

『明日も仕事だから』と渋る久條を部屋に呼びつけ、一晩中慰めの言葉を並べさせたあげく、一睡もしないで出勤する背中に、『泣いて目が腫《は》れちゃったから、今日アタシは会社休むわ』なんて言ってくれた彼女。呆れながらも、我儘《わがまま》なところは嫌いじゃなかった。

『遠距離になっても、私の気持ちは絶対に変わらないから』

あの言葉は、たぶんもうなかったことになったのだろう。

現実はこんなものだ。簡単に移ろう。

付き合い始めた頃は週に数回だった電話は、瞬《また》く間に週に一度になり、週に一度のデートは月に一度に変わった。片道二時間弱の新幹線の乗車時間が、次第に長く感じられ、次の約束の日を決めるのが億劫《おっくう》になった。

『ねぇ、こないだね、親戚の叔母さんが見合いの話持ってきたの。受けてみようかと思って』

少しトーンの落ちた彼女の声に、久條は何も言えなかった。

何も返せずただ沈黙の間を置き、やがて繰り出した言葉は、下井の結婚話を聞かされたときと変わらなかった。

「…ふーん、そうなのか」

『うん。私、見合いする』

電話の向こうで、チャイムのようなメロディが響いた。懐かしい音。午後の業務開始を告げる時計のメロディだ。
『あ、お昼休み終わっちゃった…』
「じゃあ…」
じゃあ、また。そう言いかけて口を噤《つぐ》んだ。
実質的に別れを告げられたようなものなのに、『また』は不自然だろうか。
じゃあ、さよなら。暗すぎる。
じゃあ、幸せにな。嫌味すぎる。
じゃあ、元気で――無難な気がする。
迷って、選んで、口を開きかけたところで美鈴は言った。
『柾己って、やっぱり冷たい人ね』

昔から諦めだけはいい子供だった。
手に入らないオモチャをいつまでもほしがって駄々《だだ》を捏《こ》ねたりしなかったし、荒唐無稽《こうとうむけい》な夢を見たりもしなかった。プロ野球選手にもサッカー選手にも、アニメのキャラクターにもなりたいと思わなかった。もしかしたら『食べ物屋さん』ぐらいはなりたいと思ったかもしれないが、理由は…子供に人気の職業の中ではもっとも身近で射程圏内、実現可能に思えたからだ。

夢を見ないまま大人になった。

『年のわりにしっかりしてるね』が褒《ほ》め言葉で、『年のわりに若さが足りないね』が貶《けな》し言葉。物は言いようとはよく言ったものだ。

ときにそれは、『冷たい』だの『ドライ』だのにも言い換えられた。

「現実的に考えてこの数を売り上げるのは無理なんですよ」

『現実的』の言葉に渋い顔を見せ、課長が溜め息をつく。腹の重さに下がってしまうズボンの前を引き上げながら、男は久條の顔を仰《あお》ぐ。

「まぁそうかもしれんが、これも期待の現れと思って頑張ってくれ。先月久條は目標を達成したから、今月は減らしていいってわけにはいかないだろ」

「減らしてくれなんて言いませんよ。ただ顧客数から言って先月の二割増はどう考えても無理だと…」

久條の仕事は営業だが、売っているものときたら地味極まりなかった。防災用品、消防設備、設計施工《せこう》、保守点検。いかに必要でも華のなさすぎる商品と業務の数々。消防設備会社が脚《きゃっ》光《こう》を浴びるときなど、大きな災害が起こったときぐらいのものだ。逆を言えば、地味で結構、平和でなによりなのかもしれないが。

外回りを終えて戻ってきた久條が、課長に声をかけたのは午後三時を回っていた。気だるい時刻、フロアは静かだった。出払っている者の多い営業課の島にいるのは、課長と自分を除けば一人だけだ。

「あ…と、それ以上の話は後にしてくれ。これから出かけるんだ。あとは…そうだな、羽村！おまえ聞いてやってくれ」

課長の声に、その一人の男は顔を上げた。

反応を了承と取ったのか、課長は突っ立った久條を押しのけ、そそくさとデスクを離れる。

「課長！」

追《お》い縋《すが》ったところで無駄だ。鞄《かばん》を引っ摑《つか》んで出ていく背には、逃げる気がありありと現れていた。

そして指名を受けた男も。

こちらを一瞥《いちべつ》しただけで視線を書類に戻す羽村は、話を引き継ぐ気などなさそうだった。

「俺に言っても無駄だよ。君の目標数を変えるような権限は俺にはない」

取りつく島もない。話を聞く素振りすら見せない男に、もちろん笑顔はなかった。

愛想のない男。それが羽村紘人だ。

すごすごと机に戻る久條は、昨日の出来事を振り返った。

つい二十四時間ほど前、確かに見たはずの笑い顔が思い出せない。まさか幻のはずはないが、限りなくおぼろげになっている。

『俺、吸血鬼だから』

あの言葉も――なんだったのだろう。

ネクタイにワイシャツ、スーツを着込み、ご丁寧に眼鏡までかけた極普通《ごく》の…いや、いささか堅苦しすぎる三十路《みそじ》間近のサラリーマンのセリフじゃない。

不可解なセリフと笑顔は、思い出した久條に初めて羽村への興味を抱かせた。

「あの」

斜向かいの席から返事はない。

「あの、昨日の…」

同じく。無反応。

書類に目を落としたまま、羽村はペットボトルのお茶を飲んでいた。たぶん隣のビルの一階のコンビニで買ったものだ。

お茶にジュースにミネラルウォーター。羽村はよく飲料水を購入してきている。廊下にカップジュースの自販機なら二台も並んでいるのに物好きな男だ。

「羽村さん、どうしていつも飲み物は自販機じゃないんですか？」

羽村がやっとちらとこちらに目を向けた。

にこりともせずに男は応《こた》えた。

「飲みたいものが入ってない、それだけだ」

「へぇ、俺はコンビニまで出るぐらいなら、もう何でもいいですけどね。自販機でもそこそこ揃ってますし。羽村さん、何がそんなに好きなんです？　もしかしてアレ？　ほら、新商品マニアとか…」

「三時二十七分」

「え？」

「今は昼休みでも終業時刻でもない。無駄話は慎《つつし》むべきじゃないかな」

二の句を継《つ》がせないという点においては、見事な返答。この男は営業のくせして何故こうも社交性に乏《とぼ》しいのだろう。

主任といっても仕事は平の社員と大差はなかった。だから役職で呼ぶ人間もいれば、『さん』づけで呼ぶ者もいる。

どうやって営業が務まっているのか謎だが、売上はいいらしい。確かに仕事には熱心だ。真面目が服を着て歩いているとは、羽村みたいな男を言うのだろう。

すでに素知らぬ顔で仕事に戻っている羽村の顔を、久條は見る。

見事なまでの無表情で固定された顔は、石膏《せっこう》の塊《かたまり》のようだ。外回りが中心の営業にしては大して日に焼けてもおらず、濃いところのない涼しげな顔立ちは品があると言えなくもない。

実際、育ちはよさそうだ。いつも糊《のり》の効いたシャツを着た男は、確認したわけじゃないがハンカチだって皺《しわ》一つないに違いない。けれど、多少纏《まと》まりや身なりがよかろうと、地味で陰気な印象は変わりない。

せめて昨日の笑顔を振《ふ》り撒《ま》いていれば、雰囲気も変わるだろうに。

見るともなしに羽村を観察していた久條は、男がなにやらごそごそと手元を動かし始めたのに気がついた。パソコンのディスプレイに阻《はば》まれ、何をしているのかよく判らないが、細いフレームの眼鏡越しの目は机に落とされていた。

机の上ではなく机の縁。引き出しの辺りだ。

何を見ているのだろう。

羽村に関心を持ったのも初めてなら、他人の机の引き出しに興味を覚えたのも、初めての経験だった。


「どうしてもダメですか？　じゃあ、他の曜日は？　羽村さんの空いてる日にずらせないかみんなに聞いてみますよ？」

そんな声が聞こえてきたのは、久し振りに会社の傍《そば》の定食屋で昼食を摂《と》っているときだった。

振り返れば、カウンターの席で羽村が日替わり定食を食べている。隣席で熱心に話しかけているのは、事務の若い女子社員、岩木由里《いわきゆり》だ。

珍しい。羽村が誰かと食事を共にしている。岩木が隣に押しかけた風だが、物珍しい光景には違いない。

声は途切れ途切れにしか聞こえなかった。通路を挟んで少し離れた四人掛けのテーブルに、久條は同じく女子社員の下井とついていた。

会社から仲良く連れ立ってきたわけではない。偶然の相席だった。夜は居酒屋、昼は居酒屋人気メニューが定食で食べられる店は、付近の会社員たちに人気でいつでも混雑している。

「歓迎会と送迎会」

黙々と茄子《なす》みそを口に運んでいた下井が、ふいに話しかけてきた。

「え？」

「羽村主任が出席する飲み会よ。社内でもそれだけ。新年会や忘年会の類《たぐい》は大抵不参加。誘うだけ無駄だって教えたんだけど、ユリちゃんったら」

「あぁ、後ろの？」

「そう。来週飲み会なんだって、フジエ電通の人たちと。うーん、実質コンパ？　やめときなさいって言ったんだけど、ユリちゃんがどうしても羽村さんを誘うって…」

背後の雰囲気では、羽村は断っているようだ。

「来ないでしょ、主任みたいなタイプの人は。誘うならもっとほかに誰か…」

なにもよりにもよって羽村を誘う必要もないだろう。年齢も離れているし、たとえ年が近かったところで場が盛り上がるとは思えない。

堅苦しく陰気で会話も弾《はず》まない男。これが見るからに冴えない男なら、密《ひそ》かに給湯室で『気持ち悪い』だの『あの人のコーヒーカップ洗うのやだ』だの言われていそうなものだが、現実はそうではないようだ。

「まぁねぇ。けど、羽村さんってうちでレベル高い方じゃない？」

レベルとは容姿についてらしい。

「会社同士の繋《つな》がりで合コンってなると、どうせならいい男連れて行きたいって見栄も働くものなのよ。ほかって言っても…Sさん、Tさん、Mさん、T．Nさん…ほら、みんなちょっと…ねぇ？」

下井は遠慮がなかった。会社パンフにモデル代わりに採用されるほどの美人だが、見目に反して口が悪い。短大卒で入社というから勤続八年。長きに渡って社内の経理事務を仕切っていれば、多少強気な性格になっても仕方がないのか。

——『ねぇ』ってなんだ。

同意を求められても困る。

社員三十人あまりの支店だ。コンパに誘われる適齢の男など限られている。イニシャルに変えたところで、頭には瞬時にほぼ該当者と思われる顔が並んでしまった。

「そういや、俺も誘われてませんん。そのイニシャル群の中に含まれてるってわけですか」

「あら、久條くんは違うわよ。女に不自由してないくせに。まさか自分をカッコ悪いだなんて思ってないでしょ？」

「特別カッコイイとも思っちゃいません」

謙遜《けんそん》も自画自賛もない。生姜《しょうが》焼きに食いつきながら淡々と言ってのける久條に、彼女は微妙な笑いを見せた。

「冷めてんのねぇ。そうそう、誘われないのはね、彼女がいるって話だからよ。言ったんでしょ？　いるって」

言うには言った。けれど、それは転属してきてすぐの歓迎会で尋ねてきた一人にであって、全員に触れ回ったわけじゃない。ここは、その『彼女』が本社の小山美鈴だったと知られてないのを喜ぶべきところなのか。

「まぁ…前に恋人がいるとは言いましたけど」

その『彼女』はもういなくなった。

あっけない。休日は一人『休養』という名の惰眠《だみん》に費やすようになり、深夜の電話もメールも一切合切《いっさいがっさい》途絶えた。

「そういえば…下井さん、寿退社だそうですね」

美鈴に教えてもらったのを思い出す。

「あ…誰から聞いたの？　久條くんにもいつ言おうかと思ってたんだけど…その、もしよかったらみんなと披露宴《ひろうえん》に出席してくれる？」

「おめでとうございます。いつですか？　たぶん大丈夫ですよ」

もしもプロポーズしていたなら、自分も美鈴と結婚する可能性があったのだろうか。

現実として思い描けなかった。

自分はまだ二十五歳で…互いに一人っ子の長男長女で、婿養子《むこようし》は無理だろうとか…付き合ってまだ一年二ヵ月、早計すぎやしないかとか。

踏み切れない理由が並び、何も言い出せなかった。

「えーっと待って。日付は覚えてるんだけど、時間がね…」

下井は食事もそこそこに、小さなバッグからスケジュール帳を取り出す。

彼女らしくない。そわそわと落ち着きない様子で、でも妙に楽しそうで——こんな顔の美鈴を見てみたかったような気がした。

翌週、八月に入ると気温はますます上昇したように感じられた。

八月。字面《じづら》や響きだけでも、暑苦しさを覚える月だ。

その日、午後の外勤を済ませた久條は、会社へは戻らずに直帰するつもりだった。月末に提出済みのはずの経費の精算が、まだだったのを思い出しさえしなければ。

慌てて舞い戻った。西日がきつく、外は暑さが厳しかった。会社の入っているビルに飛び込むと、熱の籠《こも》った体を心地よくクーラーの冷気が包む。

一階に着いたばかりのエレベーターからは、ぞろぞろと知った顔が降りてきた。

「あ、久條さん、おつかれさまです」

「お先に失礼します」

口々に声をかけてくれるのは、事務の女子社員三人だ。

「あぁ、おつかれ」

いつもとどこか違う。ほとんど定時退社が常の彼女たちが、集団で帰るのは珍しくもない。では何が違うのかとエレベーターの中で頭を捻《ひね》り、八階のフロアに降り立つ頃に服装なのだと気がついた。

普段より女らしい。そういえば心なしか化粧も濃かった気がする。

随分気合いの入ったもんだ。今日が件《くだん》のコンパの日らしい。そういえば、男は結局誰が駆り出されたのだろう。久條は知らなかったが、誘われたいわけでもなく、あまり関心はなかった。

「主任、お願いしますよ。明日までに間に合わないと、受注《じゅちゅう》取れないかもしれないんです!」

机に戻ると、斜向かいの席ではなにやら揉《も》め事《ごと》が勃発《ぼっぱつ》していた。A2サイズの図面を広げた羽村の脇には、縋《すが》りつくような目の男が立っている。

営業の若手社員の一人、田所《たどころ》だ。

「そう言われてもね…設計課は?　藤田《ふじた》さんたちには頼んでないの?」

「急に言われても描けないって…さっき怒られて…」

声が尻すぼみになる。同フロアの隅に存在する設計課は、課とは名ばかりでこの支店には二名しかいない。急に図面を頼んだところで、仕事が詰まっていれば断られて当然だ。

「まぁ、そうだろうね。これだけの図面起こすとなると、一時間や二時間じゃできないよ。どうして早く頼んでおかなかったの？」

「つ…ついうっかり忘れてて…このところ忙しかったもんで。あ、躯体《くたい》の図面はデータでもらってきてます。あとはポンポンっと乗せてもらえさえすれば！」

「ポンポンってね…消防機器は並べとけばいいってもんじゃないんだよ？」

羽村が呆れた声で言い放つ。それでなくとも無愛想な顔には、眉間に二すじ皺が刻まれていた。男にしては細い少し骨っぽい指が、眼鏡のブリッジを押し上げる。

「す、すみません。とにかく明日までに用意できなかったら、余所《よそ》に注文するって言うんです。まさかうち以外の営業が参入してきてるなんて思わなくて…」

別の防災設備会社が営業にきてるかどうかは、この際関係ないだろうに。ようは会社が築き上げてきた顧客との関係に甘え、手を抜いてしまっただけだ。

あぁ、取引先が一つパアだな。部長に知れたら鉄槌《てっつい》が下るぞ。

少し意地悪に考える。

経費の精算書類を準備しながら、二人の会話を聞いていた久條は、続いた羽村の言葉に『え』と顔を起こした。

「これ、何階建ての建物なの？　データはそのMO？　貸して」

重なった図面の枚数を確認しながら、羽村はデータを寄越せと手を差し出している。

「あ、あの、それってやってくれるってことですか？」

「だって描かなきゃ取引してもらえないんでしょ？」

――そりゃ確かにその通りだろうが。

驚いた。端《はな》っから何時間もかかると判っているような仕事だ。特に嫌味を言うでもなく引き受ける羽村が意外だった。

黙々とパソコンに向かい始めた男の姿を、ちらちらと窺《うかが》う。図面を描く準備をしているのだろう。元は設計課にいたという羽村が、自《みずか》ら図面を起こす姿は頻繁《ひんぱん》に目にしていた。

消防設備に設備設計はつきものだ。営業でも資格を持っている者が少なくない。

久條が自分の作業を終えたのは、それから三十分ほど過ぎた頃だった。

下井にはこっぴどく叱られた。

「久條さん、これが年度末だったら、修正はきかないのは判ってますよね？　小額の経費だからって、簡単に翌月でも処理できると思ったら大間違いなんですよ？」

書類を渡された下井はフロアに響き渡らんばかりの声で言い、久條の身の置き所をなくした。

何もそんな大声で言わなくてもいいだろうにと思う。たぶん見せしめだ。ヒヤヒヤした顔でこちらを見ている社員が数人いる。

しょうがない、ミスはミスだ。怒りを甘んじて受けつつ精算を済ませた。

帰り支度を済ませ、挨拶《あいさつ》をする。営業は直帰も多いから、島には三分の一も人間はいない。羽村は顔も上げなかった。田所の姿も見当たらなかった。

暑くて脱いだままのスーツの上着と、鞄を小脇に廊下に出る。

エレベーターでなく階段に向かったのは、隣の別会社の人間が、よたよたと何やら大きな機材をエレベーターに運び込もうとしていたからだ。

「…丈夫、大丈夫だって！　マジ、行くから」

自販機コーナーから声が聞こえた。

スーツが見える。皺だらけの背中だ。左手には趣味の悪いストラップの下がった携帯電話。人目を憚《はばか》るように丸めた背を向け話しているのは、姿の見えなくなっていた田所だった。

仕事を羽村に押しつけ、こんなところで何をやってるのか。

「終わったらすぐ電話するって。少し遅れるけど…ほら、人数足りなかったら困んだろ？　コンパなんだし」

まさかと思った。羽村の代わりに誘われたのは田所なのか。

呆れるしかない。こんな状況で、まだどうにかして行くつもりらしい。まぁ女関係のことなら、這ってでも行きたがるのが男だ。

肩を竦めて通り過ぎようとし、久條は次の声に振り返った。

「あー、それなら主任がやってくれるって。え、別に無理に頼んでなんかないよ。ほら、あの人仕事好きだから。だいたい営業より設計が好きなんじゃないかなぁ。喋るの向いてないもん。朝礼の挨拶聞いてて判らない？」

押し殺した笑いに、男の皺だらけの背中が揺れる。

田所の肩を引っ掴みたい衝動に駆られた。

掴んでどうするのか。

足を向けかけて溜め息をつき、久條は階段口に向かった。自分には関係がない。

やっと西日も優しくなった通りを地下鉄の駅へと向かった。先週は接待で飲み会が続いたから、夏とはいえ日があるうちに家に帰るのは久しぶりだ。

駅のホームで電車を待つ。すぐにやってきたのに、人の流れに揉まれながら二本乗り過ごした。電車は数分おきにやってくるから、次を待つのは簡単だ。

待ちながら、どうしようかと考える。

何を？

また電車がやってきた。いっそここがど田舎で、三十分に一本しか電車がなかったりすれば、のん気に迷ったりもしなかっただろう。

ましてや、会社に戻ってみようだなんて物好きな行いはしなかったに違いない。

何を、じゃないな。

俺はいつから『お人よし』になったのか。

フロアに戻ると、また人の数がごっそり減っていた。ノー残業も立派な社内目標の一つだ。事務の下井も姿が消えている。

田所の姿もないままだった。

「田所は？」

少し寄り過ぎなんじゃないかと思えるほど、ディスプレイに顔を近づけてキーボードを打っている羽村に声をかける。

「田所くん？　帰ったよ、用事があるとかで…久條くん、君も帰ったんじゃなかったのか？」

「アイツ…」

人に仕事をすっぱり押しつけて自分はコンパとは、いいかげんにもほどがある。

「呼び戻します」

「え？」

「『え』じゃないですよ。なんで帰したんですか？　それ田所の仕事でしょ？　アイツ、今どこに行ってるか知ってんですか？」

「どこって…用事があると言ってたけど。どうせ居ても自分に図面は描けないからって言ってたな」

顔に似合わず『お人よし』はアンタか。

携帯電話を取り出しかけてやめた。田所を呼び戻したってしょうがない。およそ役にも立たない。

ふうっと息をつき、羽村を見た。

「それ、手伝いますよ。俺、本社では設計も手伝ってたんで、設備の場所さえ指定してもらえれば図面は描けます」

相手は羽村だ。飛び上がらんばかりに喜び、にっこり破顔《はがん》して『ありがとう、助かるよ』だなんて言われるとは思っていなかった。

けれど、断られるとも予期していなかった。

「いや、結構だ。一人でできる」

きっぱり撥《は》ね除《の》けられ、憮然となる。

「一人でやってたら終電までに帰れませんよ。二人でやれば少しは…」

「君は無関係だ。用がないなら帰るといい」

どうやったらこんな硬化した人格になるのか。

「羽村さんは人の手伝いやってんでしょ？　だったら自分も素直に人に手伝ってもらったらどうなんです？」

思わずきつい口調になってしまった。わざわざ戻ってきてやったのに、という押しつけがましい気持ちも、少しはあったのかもしれない。

臨機応変。愛想笑い。いずれも知らない男。僅かに揺れた気のする視線は、さっと机に戻される。

だんまりで無視かと思いきや、男はぽそりと言った。

「下書きを描くから待ってくれ。少し時間がかかる」

物件は複数階のビルだった。

躯体の平面図の束を手にした瞬間はげんなりしたけれど、全階の間取りが同じだったのが幸いして、予想よりも早く図面は仕上がった。

「田所には貸しですね」

「貸し？　別にいい、そういうのは。これで売上が上がるのならそれでいい」

「それって主任としてのコメントですか？」

本気で言ってるのだろうか。

図面を確認している男の頭を、机の脇から見下ろす。

避難具に消火器、自火報《じかほう》。指示どおり設備を配置したつもりだ。一つずつ丁寧に数と位置を確かめる男に、田所の軽口を思い出した。

『ほら、あの人仕事好きだから』

たとえ羽村が仕事熱心な人間だとしても、こんな面倒を押しつけられて、『仕事好き』だなんて言葉で片づけられていいわけがない。

「主任だからってあなたが一人で被《かぶ》る必要もないでしょう。田所は無責任にもほどがあります。なんで断らなかったんですか？」

妙に腹が立ってきた。

こちらを見上げてきた羽村の顔は、少しばかり面食らって見えた。

「俺は別に暇だったから…時間がある人間が引き受けるのは合理的だろう？」

「だったら、なんで断るんですか？」

「え…？」

「今夜の飲み会ですよ。事務の岩木に先週誘われてたでしょ」

「あ…あぁ」

思い出したらしい。面倒くさいから、女に興味はないから、間に合ってるから――最後だけはなさそうだ。

答えを待った。たぶんちょっとした興味。返事を貰えば『ふうん』で終わるような質問だった。

「…ミスもない。これなら田所くんも明日朝一で持っていけるな」

ついと男は目線を図面に戻す。問いかけをなかったことにされた。羽村は机の上のペットボトルを引っ摑むと、数センチとなった飲み残しのお茶を一気に飲み干す。

「帰ろうか」

「羽村さん、質問に応えてくれてません」

無視されて引き下がれなくなった。

「あぁ…遅くなったから鍵かけて帰らないと」

「羽村さん！」

手際よく終わったといっても、夜も更けて十時になろうとしていた。社内に残っているのはもう自分と羽村の二人だけだ。

カードキーを取り出すつもりなのだろう。机の前面の引き出しに羽村が手をかける。

「どいてくれないか。鍵が取り出せないよ」

「質問に応えてくださいよ。羽村さんって人付き合いはどうでもいい人？　どうしてなんです？　誘いに乗ってあげてもよかったじゃないですか。年上の羽村さん誘うのって、結構勇気がいったと思うんですよ」

机に片手をついたまま、その場から動こうとしない自分も大人げないが、意外に羽村も幼稚だ。

無言でガタガタと引き出しを揺らす。

先に折れたのは久條だった。いつまでも引き出しと押しくらまんじゅうするのも馬鹿らしい。

身を引いた刹那《せつな》、引き出しは勢い余り全開になった。普段は目も届かないような奥まで露《あら》わになった。

「あ！」

慌てて閉じようとしたところで遅い。

机の秘密はあっけなく露呈《ろてい》された。

底の浅い引き出しに、びっしりとコレクションテーブルよろしく頭を揃えて並んでいたもの。ABS樹脂《じゅし》の、小さな物体の数々。

それは食品玩具——いわゆる食玩《しょくがん》だった。

菓子や飲料水についているオマケグッズだ。なんの役にも立たないフィギュア系の物もあれば、携帯ストラップなどの便利品もある。中身の判らないギャンブル性も手伝って、開けた時点ではそれなりに楽しめもするが、数日もすれば『邪魔で仕方がないが、捨てるには忍びない』という位置に収まるそれだ。

羽村に収集癖《しゅうしゅうへき》があるなんて驚きだ。

わざわざコンビニでペットボトル飲料を好んで買う理由——

「これは…」

びっくりせずにはいられなかった。仮にも上司、の机の中にそんなものが雁首《がんくび》揃えて並んでいたからじゃない。いや、もちろんそれもあるけれど、久條がなにより驚いたのは、羽村自身だった。

白い顔が染まる。

上った血に赤くなる。

逆上《のぼ》せたみたいに赤くなった男の顔に、息を飲まずにはいられなかった。

クールなんだか子供っぽいんだか。摑めない男だ。

「な、なんだ？　な、何か問題でもあるのか？」

「いえ」

案外子供なのは自分かもしれない。挙動不審に転じた男を前に、底意地の悪い気持ちが芽生《めば》えたのは確かだ。

ふと揶揄《からか》ってみたくなった。

どうしてそんな気分になったのか判らない。自分だって早く帰りたいのに。会社に戻らずに電車に乗っていたなら、今頃家で野球中継でも見て、シャワーも浴びてビール。さぞかしご満《まん》悦《えつ》で過ごせただろうに。

「羽村さん、まだ終電までには時間ありますし、何か食べて帰りませんか？」

久條は嫌がられるのは百も承知で誘った。

「しょ、食事？」

「俺、腹減りました。奢《おご》ってください。遅くなったの、羽村さんの仕事を手伝ったせいですよね？」

二人が入ったのは、駅に向かう道沿いの居酒屋だった。

途中にファミレスがあればそこになっただろうし、ファーストフード店があればそこへ突っ込まれたに違いない。

羽村に店を選ぶ素振りはなかった。看板を見つけると、『ここでいいか』とこちらの反応を窺ったりもせず店に入っていった。

とりあえず食わせて、とっとと帰りたい。

そんな本音がありありと表れていた。『これだけあれば充分だろう』とばかりに注文された大量の料理。一気に運ばれてくると、今度は無言で食べ続ける。

といっても、あまり食は進まないようで、男は箸《はし》を取っては箸置きに戻していた。カウンターに並び座った羽村の様子を窺い、久條は言った。

「意外に人がいいんですね」

「…しょうがないだろう。図面がないと取引停止になりかねないって言うんだから」

「いや、田所のことじゃなくて、コレ」

枝豆から大皿の刺身。串《くし》物に揚げ物。二人では多すぎる料理の皿を、久條は箸の先で指し示す。羽村は箸を持つのは止め、代わりにビールのジョッキを握り続けていた。

「しょうがないだろ。帰りが遅くなったのは俺のせいだって言うんだから」

本当に人がいい。羽村が憎めない男に思えてきたのは、『とりあえず一杯』と席に着くなり自分も呷《あお》ったビールのアルコールのせいだろうか。

「適当にあしらいますよ、普通。俺が勝手に手伝っただけじゃないですか」

返事はない。

羽村はしばらくの間黙っていた。

「……ありがとう、手伝ってくれて」

それが発せられたのは、早いピッチでジョッキを空ける羽村の前に、空きグラスが二つ並んでからだ。

たまには力を抜いたらどうかと肩を叩いてみたくなるような、いつも真っ直ぐな男の背中が、少し丸まっている。けして就業中に頬杖を突いたりはしない男が、だるそうに片腕をテーブルに投げ出している。

酔わないと礼の一言すら言葉にできないのか。

居酒屋のテーブルはどこも賑《にぎ》やかだった。後ろは学生グループ、両隣はサラリーマン。年齢層は違えど、みな酒が入って会話も弾んでいる。

暗い。ぽつぽつと独り言めいた会話しか成り立たないのは、久條と羽村の間ぐらいのものだった。

沈黙が重く圧《の》しかかる。久條は堪《た》えかね、会話の繋ぎに質問した。

「今日、どうして飲み会に行かなかったんですか？」

酔った羽村なら、かわさずに応える気がした。

「人付き合いは得意じゃないんだ」

羽村は応えてくれた。八重歯こそ見せないが、男はうっすらと微笑《ほほえ》む。正直、ドキリとした。なんだろう、この感覚。あぁアレだ、今にも逃げ出しそうな小動物に、そろそろと足音忍ばせて近づくような緊張感だ。

「そういえば、こないだのアレってどういう意味だったんですか？」

何気に聞いてみる。

「アレって？」

「自分は吸血鬼だとかなんだとか言ってたでしょ」

重そうに目蓋《まぶた》を瞬《しばた》かせる羽村に、久條は問いかけた。それは忘れかけていた、さして重要でもない疑問だった。

男は小首を傾げる。

もう一度薄く笑い、短く応えた。

「…冗談だ」

「冗談？」

「そう。笑うところだ」

肩を竦めて見せた男の前に、注文の冷酒が運ばれてきた。

「なるべく人と関わらないようにしてるのは、吸血鬼だからなんだ」

辺りを憚るように声のトーンを落とし、隣の自分に羽村が耳打ちしてくる頃には、酒の追加注文は何度も重ねられていた。

「誰が？」

「俺が」

笑うところか？

笑うところなんだろうな。

「…ぷ。あははは…」

「笑うところじゃない」

ところじゃないと言われても、困る。じゃあ泣きどころだとでも言うつもりか。

羽村の顔色は普通だった。

赤くも青くもない。淡々と冷酒グラスを口元に運んでいる姿は、いつものペットボトル入り飲料でも飲んでいるかのようだった。

酒に弱いとは思えない。けれど、一杯二杯、一合二合…三、四——生ビールをジョッキで二杯と、すでに四合目の冷酒に手をかけているところだ。

酔っているのだろう。

それも確実にだ。

「そ…れはまた、大変ですね。どうしてそういうことに？」

「生まれつきだよ。君が特に自分がヒトだと意識しなくてもヒトなように、僕も気がついたらそうだったんだよ。そうだな、自覚が強くなったのは中学二年のときだった」

自分から語りたがるなど、およそ寡黙《かもく》な上司らしくもない。

泣き上戸《じょうご》ならぬ、虚言上戸《きょげん》。酔うと気が大きくなって、嘘や願望をさも体験したことであるかのように語る人間は少なくない。

それにしては随分と派手な虚言だ。

内心呆れつつも、不思議とうんざりはしなかった。よく動く羽村の口は物珍しい。ほろ酔い加減の雑談には持ってこいと言えなくもない。酔っ払いの会話なんて、どうせ明日になれば嘘か誠か判らなくなるものだ。

「好きな女の子がいたよ。彼女も俺のことを好きになってくれて…あの頃が人生で一番輝いていた頃かもしれないなぁ。どうにか初めてのデートに誘って…」

これだけ積極的に喋れれば、営業も務まるはずだ。一つ謎が解けた。一方で何故普段は口数

が少ないのかとも思う。

「誘って？」

「誘って…そう、プールに行ったんだ。夏だったからね。その夏オープンしたばかりのプールで、彼女も喜んで……」

「喜んで？」

ずれたことを考えながら話を聞いていると、急速に男の声は力をなくした。

一息つき、溜め息もつき、ついでに冷酒も飲み干してから羽村は言った。

「…噛みつこうとしてしまったんだ。それ以来、女の人とは付き合ってない。念のために同性の友人もね、作ってない」

よくある初恋の話。彼女との初々《ういうい》しいエピソードでも聞かされているつもりだった久條は、何の話をしていたのか振り返る。

「噛みつくってもしかして、アレ？　血が欲しくて首筋にガブリってヤツ？」

プール帰りに、デート相手の同級生がおもむろに首筋に一撃。

——そりゃ確かに猟奇《りょうき》だ。

「まさか、噛みついちゃったんですか？」

「いや、どうにか我慢したよ。ただ…酷《ひど》く体が火照《ほて》ったことだけは覚えてる。熱くて、どうにかなるんじゃないかと思った。彼女を見るとじっとしていられない気分で…」

デジャブ。自分にも覚えがあった。

思春期。初恋の女の子。プール。

羽村の言うプールとやらが、スクール水着で市民プールか、ビキニでちょっとお洒落《しゃれ》なレジャー施設だったかは知らないが、中学生ならスクール水着でも充分に刺激的に見えたに違いない。

「それなら、俺にもあった気がします」

「え…？」

「女の子を見て興奮する。年頃の男の健全な衝動ですね。思春期、第二次性徴、それこそ箸が転がっても熱くなりかねない年頃ですよ。それを何、羽村さん…嚙みつくって…」

羽村は今何歳なのだろう。たしか二十九か、もしくは三十——恐ろしい。まさか今の今まで、性的興奮を何か自分だけの疚《やま》しい衝動のようにすり替え、勘違いしてきたというのか。

あり得ない。

「それで誰とも付き合わなかったんですか？　その歳まで？　そんなことのために友達すら作らず？」

「そんなことって…血を吸ってしまうかもしれない。立派な傷害罪になるし、一歩間違えれば……俺は人殺しにはなりたくないよ。人を傷つけるのは嫌だ」

「…すごい思い込みっぷりですね」

饒舌《じょうぜつ》に話していた羽村が口を噤む。

「君に話したのが間違いだったよ」

「間違いはもっと前に始まってる気がしますが。その中学の何年生だかに」

もういいかげん飲むのは止《や》めるべきだろう。

そろそろ何杯目か怪しくなってきた酒に、羽村は手をかけている。こんなにも酒好きとは想像もしていなかった。昼も四六時中お茶の類を飲んでいるとは思っていたが、夜は代わりに酒とは、随分豪気な飲み方をする男だ。

しかし止めるには久條も酔っていた。

互角とはいかないまでも、たいした量の酒をすでに景気よく体に流し込んでいた。

「妄想なんかじゃない。俺は吸血鬼なんだ」

「だから、どの辺がそうなのか教えてください。どこがどう吸血鬼なんですか？ 今んところ、血なんか吸ったことないんでしょ？ 十字架は？ ニンニクは？ 会社に通うサラリーマンで、しかも昼日中に出歩く営業…」

「働かなきゃ食っていけない。家賃だって払う必要がある」

「それはまた随分と現実的な。寝床は棺桶《かんおけ》じゃないんですか？」

「なんで俺が棺桶みたいな狭いところで寝なきゃならないんだ」

しばし互いの顔を見つめあった。睨みあいと言ったほうがしっくりくる。

とんだ酔っ払いの絡《から》みあい…の様相を呈《てい》してきた。

「…で、ようするにあなたが吸血鬼だって根拠はどこにもないわけだ？」

「ある」

「あるんですか？　どんなのです？」

「喉が渇く」

「俺だって喉ぐらい渇きます。夏場だし、外回りに出るたびに干からびんじゃないかって思いますもん。一日中冷えたビールが頭から離れな…」

「心臓に杭《くい》を打たれたら死ぬ」

「俺だって死にます。銀の弾《たま》撃ち込まれてもね」

久條が言い返し、羽村がカウンターを叩く。

二人は周囲のどの客たちよりも、自分たちが騒がしくなってしまったことに、とうとう閉店時間で店を出されるまで気がつかなかった。


物覚えが悪いのか、羽村紘人の記憶はいつも曖昧《あいまい》だった。

特に幼少時代のことは、皆無といっていいほど覚えていない。親によれば、小学生のときに車の事故に遭《あ》い、綺麗さっぱり記憶をなくしてしまったそうだ。

まぁ得意先との取引経緯や担当者名を忘れるのなら面倒だけれど、七歳だか八歳までの記憶ならなかったところで特に支障はない。

彼女のことは、今もよく覚えている。

中学生のとき、仄《ほの》かな恋心を抱いた彼女。学級委員をしていて、少し口の悪いところはあったけど、正義感の強いしっかりした子だった。あの頃の自分には、大人びた女の子に映っていた。

『好きだ』と言ってくれた。

ストレートな物言いがとても彼女らしかった。羽村も彼女が好きだった。すぐに交際の約束をして、夏休みにはプールに行った。

運命の日。彼女を見つめる自分の身に起きた変化に、羽村は恐ろしくなって逃げた。驚く彼女を置き去りに、その場から逃げ出した。

だって恐かったのだ。ひっつめた髪の襟足《えりあし》。白い首筋、水を弾《はじ》くぴんと張った肌。彼女が喋るたび、小首を傾げるたび、自分を誘う。体のどこかがじわりじわりと熱くなった。あの感覚だけは記憶がぼんやりしてきた今でも残っている。自分の求めている行為が何かを本能的に悟《さと》り、彼女から逃げた。

翌日、詰問《きつもん》された。彼女は怒っていた。羽村は応えられずに彼女を避けるようになり、彼女は『どうして避けるのか』と何度も何度も尋ねてきた。

彼女はやがて怒らなくなった。

彼女は、次第に寂しい顔をするようになった。

過《あやま》ちは間違いを繰り返さないためにある。羽村は彼女と一緒に、誰かを慕《した》う気持ちを封印した。

「ふ…」

ごうんごうん。古びたマンションのエレベーターは、今夜も洗濯機のような音を立てて羽村を運ぶ。硬い壁にぴったりと体を沿わせると、体に溜まったアルコールの熱を吸い取ってくれるようで心地が良かった。

何度か息をつき、少しじんじんと痺《しび》れて感じる手のひらを見た。力任せにカウンターを叩いたせいだ。

喉がまた焼けるように渇いている。餓《う》えだろうかとぼんやり考え、具合が違うのに気がついた。渇いただけでなく、少しヒリついている。

喉が痛むのも無理はなかった。

営業でもないのに、あんなに喋ったのはいつ以来だろう。どうしてあんなにペラペラと、今日までろくに話したこともない男に喋ってしまったのだろう。

少し自棄《やけ》になっていた自分を振り返る。

あの男も、何もあれほど意地になって反論する必要もないだろうに。腹立たしさと同時に可笑《お》しさが込《か》み上げてきた。エレベーターの中で存分に笑い、笑っている場合かと自分を戒《いまし》め、そしてやっぱりまた我慢しきれずに笑った。

まだ酔いが抜けてないみたいだ。

薄暗い廊下を歩き、角部屋のドアの前に辿り着く。

スーツの上着ポケットを探った。鍵を引っ張りだせば、いくつもぶら下がった食玩のマスコットキーホルダーがずるずるとついてくる。いい年したサラリーマンの家には似つかわしくない鍵でドアを開け、羽村は部屋に雪崩《なだれ》込んだ。

今夜喋ってしまったことを後悔するだろうか。

羽村は服を着替えるのも後回しに、重い体をベッドに投げ出しながら思った。

するに決まってる。後悔ならもうしている。

へらりと笑う羽村は、後悔とはどんなものかまだ判っていなかった。

「もし棺桶で寝るにしたって、家は必要だ」

ぽつりと呟きながら引き込まれた眠りは、いつになく心地よかった。

◇◇◇

「下井《しもい》さん、サンタクロースって何歳まで信じてましたか？」

一つに纏《まと》め上げた長い髪のほつれを気にしながら、下井は発注伝票を数えていた。

「サンタクロース？　急にどうしたの？」

作業が終わるのを待つ久條《くじょう》は、下井のパソコンディスプレイの上に置かれたバブルヘッド人形を突いた。野球選手の首振り人形だ。

野球が好きだなんて聞かないから、誰かからの貰《もら》い物だろうか。

所狭しと並んだ癒《いや》し系グッズの間のホルダーに伝票を刺し、下井は応《こた》える。

「覚えてないなぁ、小学校の高学年まで信じてたと思うけど」

「ふーん、そんなもんなのかな」

「早い子はもっと早いんじゃない？　小学校低学年とか。ほら、私もそういう子から吹き込まれて信じなくなったんだもん。まったくそうやって子供の純粋な心はぶち壊されていくのよ。相乗効果ってやつね」

「いや、それ効果じゃないでしょ」

冷静に突っ込むと、下井は微妙に顔をしかめた。

「へぇ…結構遅くまでみんな信じてるもんなんですね」

久條がサンタを信じなくなったのは、小学校に上がった年だ。

その年、病に倒れた母親が半年ほどの闘病生活の末に他界した。残ったのは仕事に忙しい父親と、足腰が悪いながらも面倒を見てくれた祖母。

祖母はクリスマスにはお菓子やオモチャを買ってくれたが、起きたら枕元にクリスマスプレゼントが転がっているようなことはなかった。今思えば、祖母の年代にはもともとクリスマスなんて馴染《なじ》み薄かったのだろう。

去年はやってきたサンタがこない。

友達の家には今年もやってきたのに、自分の家にはこない。その理由がおぼろげに判った。母のいないクリスマス、久條はサンタクロースも神様も、天使も悪魔も、大好きだったアニメのヒーローも信じなくなった。

夢を見ない子供になった。

「で、なんで真夏にサンタクロース？」

「あ…ただなんとなく。ふと思い出したんで」

「ふーん、そうなの？　あ、伝票合ってました。次も早めに渡してくださいね」

下井に頷いて見せる。久條は自分の席に戻りながら、ちょうど入り口ドアを押し開いて戻ってきた男を見た。

六歳にして夢のない人間になってしまった自分のようなのもいれば、逆に――ジュースのペットボトルを小脇に挟み、入り口近くのホワイトボードに書き込まれた自分の予定を消している男。

午後四時も過ぎたところだ。今日の予定はすべて回り終えてきたのだろう。

羽村《はむら》は姿勢よく斜向《はすむ》かいの席に収まった。

ありふれた街角のありふれたオフィスビル、どこの会社にも存在しそうなさして特色もない営業課の島の片隅に、自分を吸血鬼だと信じて疑わない男がいる。

ファンタスティック。夢があっていいじゃないか。なんて笑い飛ばせるほど久條は豪快な…柔軟な思考の持ち主ではなかった。

最初は酔っ払っての戯言《ざれごと》だったのかと思っていた。

そんな馬鹿な話があっていいはずがない。

なんだかんだ言っても自分も酒が入っていたし、羽村も随分飲んでいた。酔っ払いがちょっと気が大きくなって大ボラをふいてみただけ――

『く、久條くん、き、昨日のあの話だが…だ、誰にも言わないでもらえるだろうか。どうか聞かなかったことにしてくれ』

あの翌日、悲壮な顔でこんな風に言われさえしなければ、『他言無用』にも『聞かなかったこと』にも自然となっただろう。

信じられない話だが、羽村は自分が吸血鬼だと信じているらしい。妄想家の男。すなわち、ビョーキ。失礼ながら、そういう結論になってしまう。

とっつきにくい男から、変な男へ。

目線を変えてみると、羽村が不憫《ふびん》な男に見えてきた。

冷たくも険《けん》のある無表情。今日もきっぱり周囲を牽制《けんせい》するような顔をして、男は小さな袋の包みを開けている。ジュースについていた食玩《しょくがん》の袋だ。手元はパソコンに遮《さえぎ》られて見えないが、微《かす》かなビニールの音で判る。

羽村の薄い眉が、眼鏡のフレームの辺りで僅《わず》かに動く。

この数日観察していて気がついた。右眉が上がるときが嬉しいときで、伏せ目がちになれば哀しいとき。

何が出てきたのか知らないが、欲しい物ではなかったらしい。女子供の趣味のような収集《しゅうしゅう》癖《へき》。社内でのささやかな楽しみだろうが、数日見ていて本当に好きで集めているのかと疑い始めた。

羽村は子供の頃飼っていた猫を髣髴《ほうふつ》とさせる。ルルという名の白い猫だった。ルルは家猫だった。外には出られない代わりに、よく与えられたオモチャで遊んでいた。長い紐《ひも》やネズミのオモチャ。

とりわけルルが好きだったのは、ジュースのキャップだ。ひとしきり遊んでは隠し場所に持っていき、ソファーの下には気がつけば数え切れないほどのキャップが溜まっていた。

ルルは毎日を楽しそうに遊んで過ごしていた。けれど、時折思い出したように外を見ることがあった。広い外の世界を見つめる後ろ姿はなんだか切なく、ルルは本当はキャップなんか集めたくも好きでもないんじゃないかとさえ思えた。

寂しさを紛《まぎ》らわせているだけ。

羽村も時折社内に視線を巡らす。

比較的人間関係は悪くない職場だ。仕事中であっても、和《なご》やかに雑談が入るときもある。どこかで誰かの笑い声が上がるたび、男は静かにそれを見つめた。

よくよく見れば、眉の表情は晴れたり曇ったり。急な残業が入れば不満そうな顔もする。羽村は別に仕事が好きなわけじゃないのかもしれない。

人を寄せつけないように真面目な振りをしてるだけ、ほかにすることもないから仕事に専念しているだけ。どちらにせよ、狂った思い込みのせいなら寂しい男だ。

「羽村さん」

久條は定時を過ぎるのを待って羽村に声をかけた。

不思議と関わり合いになりたくないとは思わなかった。

「羽村さん、手を出してください」

「手を？」

「そう。目を閉じて。大丈夫、恐いことありません。これを…コレ、握って。ぎゅってしてみてください。何か感じますか？」

「何かって、何？　…硬い、かな？」

「痛いとか熱いとか、燃え出しそうとか、そういうのないんですね？」

「はぁ。今のところは」

じゃらり。チェーンの鳴る音が微かに響く。

羽村の目が開いたところで、久條はそれを眼前にぶら下げた。

男の目が、眼鏡のレンズの向こうで少し剣呑《けんのん》な光を帯びる。

見せつけられたものに、羽村は煩《わずら》わしげに眉を顰《ひそ》めた。

「幽霊の正体見たり枯《か》れ尾花《おばな》ってね…ちょっと意味違いますか？」

「さぁ。こんなオモチャは俺には効かないって言ってるだろ」

久條が用意したのは、金色の十字架だった。

どうみてもメッキ塗装。ところどころはめ込み位置すらずれた、安っぽいガラス宝石の散りばめられたそれは、昨日会社帰りに見つけてきたものだ。

手のひらサイズのロザリオが売っていたのは、雑貨屋だった。店員は人形みたいな格好《かっこう》をしていた。狭い店で動き回るのにとても機能的とは言えない広がったスカートに、過剰なレース使いのおよそ一般的でない服を着ていた。久條は目を合わせられず、会計を済ませる間ずっと、店員の頭に乗っかったハンカチのような物を見ていた。

「どこで買ったの？　よくこんなもの見つけてきたね」

それには応えず皿を差す。

「じゃあニンニクは？　偽物のニンニクなんて探すほうが難しいですけど…それ、今羽村さんが食ってるの、ニンニクコロッケ。この店の人気メニューなんですよ。美味《うま》いでしょ？」

二人が収まっているのは居酒屋だった。

今夜の店を選別し、案内したのは久條だ。特にグルメというわけではないが、どうせ入るなら店は美味いほうがいいに決まってる。誘った側の責任のようなものもある。

羽村にさほど渋る様子はなかった。

『こないだのことで話があるんですけど』

と切り出せば、それはもう羽村にとって脅迫と同等のセリフだったのかもしれない。

「ニンニ…ク？」

ぶほっ。見事な噎《む》せ返《かえ》りっぷりだ。吐き出す皿を探してテーブルに視線を走らせた男に、久條は言った。

「今更そんなリアクションなしにしてくださいよ。すごい美味そうに食ってたくせに。ニンニクが駄目だなんて言っても通用しません」

「臭いが…臭いが残るじゃないか。地下鉄で帰るんだぞ」

「しみったれてるなぁ。吸血鬼が電車通勤？　コウモリになってひとっ飛びしてくれたら信じますよ」

「そういうのは映画や小説用にあとから脚色された能力だ」

「じゃあ鏡に映らないってのも？」

持ち手つきの丸いいかにもな手鏡は、帰り際に思い当たって下井から借りたものだ。勢いよくテーブル越しに突きつけようとして、久條はやめた。姿は映って当然だ。マジックミラーでもない限り、映らないなんて有り得ない。

バカバカしい。熱くなった頭にひやりと冷めた思考がよぎる。およそ自分らしくもない。こんな判り切った証明のために、十字架を購入したり、手鏡を用意してみたり。鏡を借りた下井には、怪しまれもした。

けれど、考えずにはいられない。羽村をどうにかしたい。あまりにも不可思議な男だからか、無視できない気分にさせられる。

「久條くん、鏡に映らないなんて、そんなものは迷信だよ」

羽村は動じる様子もなかった。

「吸血鬼の存在自体が迷信だ」

「迷信じゃない。伝説だ」

「それをいうならツチノコだって伝説です」

手鏡とロザリオを無造作にスーツのポケットに押し込み、久條は溜め息をつく。

これではこないだの残業帰りとなんら変わりがない。禅問答《ぜんもんどう》ならぬ押し問答。

「改心しようって気にはなりませんか？」

「改心ってなんだよ。宗教じゃないんだ」

むっとした顔で、羽村はテーブルのグラスを摑《つか》む。顔に似合わず深酒をする男だ。あの夜で懲《こ》りたかと思いきや、飲酒の誘惑には勝てないらしい。

「久條くん、君、頭が硬いんじゃないのか？」

「実は吸血鬼です。って言われて、『はいそうですか』って納得する二十五歳はいませんよ。まぁ、俺は子供の頃でも信じなかったと思いますけど…」

羽村に合わせ、酒は日本酒を頼んでいた。一息で飲むには高すぎる大吟醸酒《だいぎんじょうしゅ》。安酒が妥当《だとう》な飲みっぷりの男をテーブル越しに見ながら、久條はゆっくりと味わう。

「俺、昔っから伝奇とかに興味が持てないんです。ミステリーをミステリーとして楽しめないって意味じゃ、確かに頭は硬いのかもしれません。想像力も貧困なんで、技術職にも向いてませんしね」

苦笑交じりに零《こぼ》せば、羽村が珍しく上司らしい反応を寄越した。

「技術職ったっていろいろあるだろ。まったくの無から物を生み出す仕事ばかりが技術職じゃない。希望でもあるなら…」

「ありませんよ。俺は将来にも夢を持たないタイプなんです。入社試験のときも困ったぐらいで」

どこから話が摩《す》り替《か》わったのだろう。まぁいい。部長辺りに聞かれたら失望されるかもしれないが、目の前にいるのは羽村で、もう時効だ。

四年前の就職活動だった。特に目指す業種も職種もない久條は、途方に暮れた。成績は悪くもなく、応募先に困りはしなかったけれど、選択の余地は余計に久條を惑《まど》わせ、すべてが不鮮明でしっくりこないまま面接に臨んでいた。

当社を何で知りましたか?

大学にきていた募集案内で。

当社を志望された理由はなんですか?

大学にきていた募集案内を見たので。

一事が万事、本音はこんな調子。もちろんそのまま口にするほど愚《おろ》かではなかったが、どうにも夢も希望も持たない自分が疎《うと》ましかった。入社して営業に配属されたのも、自《みず》ら望んでではない。

「そんなタイプとは思わなかったな」

羽村は意外そうに言う。

「どんなタイプだと思ったんですか?」

「どんなって…本社から成績のいいのがくるって聞かされてたよ。実際、下馬評《げばひょう》通りの男が入ってきたなって」

「俺は…営業には向いてなさそうな人がいるなって思いました」

「ズケズケ言うね」

癇《かん》に障《さわ》った風な返答をしながらも、怒った気配はない。羽村の口調は穏やかなままだった。

「だって、羽村さんは設計のほうがよかったんでしょ?」

男は急に飲むペースを緩《ゆる》めた。ほとんど握りっぱなしのグラスをテーブルに戻し、戸惑い気味に言う。

「設計も嫌いじゃないけど…営業は、自分で志望したんだ」

「なんで?」

「人と話せる。本当は好きなんだよ、話すのは」

「好き?」

「あぁ、でも親しくなるのは恐かった。距離を保ちつつ話そうとか考えてると、上手く話せなくて…どうも器用じゃないみたいなんだ。営業は楽しいよ。最初から付き合いの幅も決まってるから、楽だ」

久條は途端に言葉につかえた。

飲むと箍《たが》が外れたみたいに喋る男の本音を、聞いてしまった。少し寂しげに伏せた目は、その夜家に帰宅してからも頭に残り続けた。

久し振りに思い出した昔の飼い猫、ルルの残像とともに…本音は自由になりたい男のことを考えた。


近頃、外回りより内勤が好きだ。

羽村は漠然と感じていた。

最初は夏の暑さのせいだと思っていた。正直いって夏は好きじゃない。暑いとぼやきつつも海や山へ出かける人間の気持ちが理解できなかったし、営業先を回る途中で気が遠退《とおの》きかけたことも一度や二度じゃない。日陰やクーラーの効いた室内は本当にオアシスだ。

ただ、そのオアシスの中に居てすら、会社に早く戻りたいと考えるようになった。

大抵は夕方。ときにはランチタイムだ。

社内に戻れば、必ずと言っていいほど一人の男が声をかけてくる。長い会社員生活の中で、社内に自分を気にかける人間がいるというのは初めてだ。

学生時代においてもなかった。一人でいる時間はあまりにも普通になりすぎていた。

「君も物好きな男だな」

目の前で広げられたのは、久條が図書館で借りてきたという本だった。ずる。羽村はざる蕎麦《そば》を啜《すす》りながらそれを見た。昼食に誘われて入った蕎麦屋だった。

「やっぱ改心しかありませんよ。調べてみたんですが、吸血鬼というのは一種の信仰ですね。ヨーロッパの民間伝承が元で……」

講釈はもう聞き慣れた。カウンター席で並んだ男は、蕎麦を食べるのもそこそこに本の説明をしていた。

「この本、わざわざ休日に借りにいったのか？　休みは彼女のためにでも使ったらどうだ？」

時間の無駄だ。頼んでないとはいえ、時間を費やさせていると思うと気が引ける。

「彼女？　そんな人いませんよ。少し前ならいましたけどね。別れて休みは暇を持て余してます」

「別れた……そうなんだ。それは残念だな」

「いや、思ったほど落ち込んでません。振られたんですけど…人間って意外と鈍いもんですね」

男が笑うと綺麗に並んだ大きめの歯が覗いた。陰影の濃い男っぽい顔立ちは、一般的に見てハンサムだろうと思う。

この春に本社から転属してきた後輩社員に、付き合っている女性がいるらしいのを羽村は知っていた。たしかあれは久條の歓迎会があった翌日だ。昼飯にと入った店で、女子社員たちが話しているのを偶然耳にした。

　残念そうなニュアンスの会話だった。

　振ってしまう女性がいるとは驚きだ。しかし暇になったからといって、図書館に…それも吸血鬼の本を探しに通うのは普通ではない。

「君は信じてるのか、信じてないのか？」

　羽村はめんつゆに蕎麦を沈めながら、疑問を口にした。

「はぁ…？」

「どっちなのかと思って。俺の言う話を端《はな》から信じてないなら、こんなもの用意する必要もないだろう？」

　ただの物好きな男。そう思っていた。

　気になり出したのはいつからだろう。信じていないのなら、構わなければいい。自分でも言動が普通でないことぐらいは判っている。

　頭のおかしな男。そう思われても仕方なく、関わり合いになるまいとするのが普通の反応だろう。

　ページを捲《めく》っていた本をぱたりと閉じた男は、首を捻《ひね》り、少し考えるように唸《うな》った。

「なんででしょうね。俺にも謎です。こんなもの用意するようなマメさは俺にはなかったんだけどな。もしかしたら…信じてみたいのかもしれません」

男は何も言わなくなった。ざる蕎麦を食べるずるずるとした音だけが響く。つゆにつけすぎてのびた麺《めん》を、羽村も啜った。

食事を終えて表に出る。今日も気温は真夏日…いや、三十五度の大台も越えた酷暑日か。雨など望めそうもない空の下に、会社ビルは聳《そび》えている。

ギラつくビルに向かって横断歩道を渡りながら、久條は言った。

「羽村さん、そういや天国はあると思いますか?」

「ん? 天国?」

「仮に羽村さんはその、『吸血鬼』ってやつだとして、それ以外のものの存在は信じるんですか?」

「信じるって…何を? 幽霊とか? 狼男? 口裂け女? あぁ…ツチノコ?」

そう言えば、ツチノコも伝説の一種だとか何とか言っていた。

白く発光する太陽を憎らしげに仰《あお》ぎ、久條は微かに笑う。周囲と足並み揃《そろ》えてぞろぞろと横断歩道を渡りながら、さらさらと応えた。

「うーん、死んだ母がよく言ってたんですよ。『ちょっと早めに天国に行くだけよ』って。病気で入院してたんですけどね、またそのうち天国で会えるって、そればっかり。まぁ俺を元気づけるための方便だったのは判ってたんですが…羽村さんは信じますか? 天国とか地獄とか」

「君は…どうせ信じないって言うんだろ?」

「ええ、まぁ」

返答に悩んだ。

答えのない質問。ないゆえに、正解は絶対に知ることのできない問い。

久條が望む答えを出してやりたい気がした。些細《ささい》なようでいて、男にとっては大切な事柄に感じられたからだ。

「天国は…あったほうが都合がいい。死んでから行き先が決まってないんじゃ落ち着かない」

考えた末に、羽村は正直なところを…思い当たるままに応えた。

「そうだ、月間売上の目標と同じだな。少々高めでも、ないよりはあったほうがいい。君は文句を言ってたけど、その方が働きやすいだろう？」

「天国が売上目標と同じ？　羽村さんらしいな」

久條は笑った。満足のいく応えだったのかどうかは知らない。判らないけれど、男が再び笑顔を見せる。

フロアには戻らずに出かけるという久條とは、ビルの入り口前で別れた。

「じゃ、おつかれさまです」

足早に去りかけ、男は振り返った。名を呼ばれ、羽村も身を捩《よじ》る。男はスーツの上着ポケットに手を突っ込んだかと思うと、振《ふ》り被《かぶ》るように腕を回した。

「羽村さん！　これ、あげます！」

言葉より先にそれは飛んできた。

ひゅるりとアーチを描き、焦って広げた羽村の両手の中に、小さな物体はぽすりと放り込まれる。

「久條くん…？」

「どうぞ。今朝ジュース買ったらついてたんで。好きなんでしょ、そういうの？」

羽村が昨日から集めているボトルキャップフィギュアだった。

いつの間にこれを集め始めたと知られたのだろう。

恥ずかしく思うと同時に、満更《まんざら》でもなく喜んでいる自分を、羽村はひっそりと感じた。


羽村に同行する出張が決まったのは、盆《ぼん》前の週だった。

長野にあるプラスティック工場。プラントの消防設備なのも珍しかったが、本社も支店も無関係な土地の仕事というのも珍しかった。

「羽村くんのご両親のお知り合いの工場でね」

居合わせた久條に課長は言った。

「そういうわけで保守も羽村くんに行ってもらってるんだよ。そうだ、君も見てきたらどうだい。プラントの仕事はあまり経験がないだろう？」

盆前で仕事は暇だった。一部の企業は早くも長期休暇に入り、顧客が休みでは仕事にもならない。社内でも有給を使い、一足先の盆休みに入る者が現れ始めていた。

同行を嫌がる理由もない。翌日には、久條は羽村と一緒に新幹線に乗っていた。

郊外の工場に辿り着き、客のようにもてなされて事務所でお茶を出されたりしているうちは本当に気楽な出張だった。

「レンタカー、借りといたほうがよかったですかね」

目指す工場の屋根が、日差しに白銀に光って見える。

プラスティック製品の加工だけでなく、金属加工からスチールの板金《ばんきん》加工まで。幅広く行う工場は、いくつもの棟に分かれていた。

油圧《ゆあつ》プレスに裁断機、タッピングマシンや用途のよく判らない機械の数々。放出する熱と音の詰め込まれた工場は、よく言えば活気があり、悪く言えばそこにいるだけでどっと疲れを感じるような空間だった。

おまけにそれぞれの棟がえらく離れている。

『車で送りましょうか?』

工場長が声をかけてくれた。申し出を丁重に断ってしまった自分が、今更ながら悔やまれる。

あのとき羽村が隣で微妙な表情を見せたのは、そのせいだったのか。

「あっついなぁ」

額の汗は拭《ぬぐ》う傍《そば》から浮き出してくる。

午後三時。真夏の日差しは、帽子すら持たないスーツ姿の男二人を、容赦《ようしゃ》なく熱していた。

向かうべき次の工場の棟は、さっきから少しも近づいてこない。

川沿いのアスファルトの道は陽炎《かげろう》に揺らめき、フライパンの上でも歩いているかのような気分にさせられる。

「暑いなぁ」

何度も口にした。それがまた暑さを増幅させているとしても、言わずにはおれない。

「そういえば羽村さんの実家はこの近くなんでしょ？　実家に寄らなくていいんですか？」

「いい」

「俺なら一人で帰りますから遠慮しなくていいですよ」

「どうせ盆休みに帰省する予定なんだ」

「だったら余計に、有給使ってこのまま連休に入ればよかったのに」

羽村は有給をちゃんと消化してるのだろうか。

少なくとも、自分が春に転属してきてからこの方、休みは記憶にない。

「そうだ…そういえば、ご両親は普通の人なんですか？」

「普通って？」

「ほらアレ、やっぱ吸血鬼ってことに？」

思い当たって尋ねる。家族仲良く棺桶《かんおけ》を並べて眠っている姿を想像して、苦笑いが込み上げた。

一方で、両親も夢想家なら、羽村の言動も素直に納得できる気がした。

「父と母は普通の人間だ」

「どうして判るんです？」

「牙《きば》がない」

「牙じゃなくて…」

『八重歯でしょ』と言いそうになるのを、すんでのところで飲み込む。この暑いのに、さらに路上で押し問答まで始めるのはごめんだ。

ただ顔に不釣合いというだけで、そう大きくもない犬歯《けんし》を吸血鬼の牙だなんて思い込める男はやはりどうかしている。

「…暑いなぁ」

会話の流れなど関係ない。もはや息継ぎのように、定期的に気温へのぼやきを入れた。

吸血鬼に営業が務まるものか。一瞬にして灰だ。灰も燃え尽きるような炎天下だ。

こんな焼けつく日差しの下を平気で歩けるわけがない。

「羽村さん、暑くないの？　平気なんですか？　俺のほうが灰になっちまいそうですよ」

道路と土手を隔《へだ》てるガードレール側を、羽村は歩いていた。

河原に広く密生《みっせい》した芦《あし》が、吹き抜けた風に緑色の帯を走らせる。ざあっという音と共に、涼しげな色が波打った。

自分より少し低い位置で薄い肩を揺らし、男は歩いていた。表を歩くのも仕事のうちの営業にしては、色の白い顔――いや、はっきりと不自然なほどに日に焼けていない。小さめの顔からは、同じく白い首筋が、ワイシャツの襟《えり》に隠れるまでほっそりと伸びていた。

一人チルドの空気に守られてるんじゃないかと思うほど涼しげな横顔だった。

火照《ほて》って赤くなるどころか、青白くすらある。こちらは玉の汗をかいてるというのに、羽村には汗が滲《にじ》む気配すらない。

白い。本当に白い横顔だ。

「羽村さん？」

無言で歩く男が、ふとそこに存在しないもののように思えた。

こちらを向いた眸《ひとみ》が不思議な色を放つ。深く底のない闇を思わせる色。どうしてこんな吸い込むような色をしてるのだろうと思い、虹彩《こうさい》がほとんど用を成《な》していないからだと気がついた。

まるで瞳孔《どうこう》が開いていているみたいだ。

そう、死人のようだ。

感じた瞬間、背中に冷たい汗を感じた。

「…羽村さん？」

不意に男が立ち止まる。その顔に伸ばした久條の指は——肌に触れはしなかった。

男は一瞬にして目線の先から消えた。

がくりと膝《ひざ》を折る。重力に任せて、フライパンの地面に転がった。

「は…羽村さんっ？」

何が起こったのかと思った。

ブリーフケースと、とっくに空になっていたペットボトルを握り締め、男は綺麗にすっぱりと意識を手放していた。


熱射病。そう診断された男は、病院で手当てを受けて休んだのち、タクシーで実家に移動した。

田舎といっても差《さ》し支《つか》えのない、山裾《やますそ》の集落にその家はあった。特に立派な家でもないが、玄関が広く、縁側もついた二階建ての家だ。

羽村は渋っていたが、どのみち仕事の残りは明日に持ち越しになる。どこかに宿を取らないわけにはいかない。

発汗の停止、青白い顔。高熱までは本人でないから判らないにしても、熱射病のサインは現れていたのに、何をのん気に自分は見つめていたのだろう。

気がついてやってもよさそうなものを。

「…すみません」

声は届かないと判っていながら呟いた。

医者に安静を言い渡され、目覚めてからもふらついていた羽村は、今は横になっている。実家の一室…和室に敷かれた布団の上だ。『大袈裟《おおげさ》』だの『そう簡単に眠れるわけがない』だの不平を漏らしたわりに、眠りにつくのは早かった。

静かに仰臥《ぎょうが》している男を、久條は見下ろす。

本当に寝るつもりはなかったらしい。眼鏡が掛け放しだ。耳にしっかりとかかったツルを引き外す。目覚める気配はやはりない。目蓋《まぶた》すらぴくりともしなかった。

薄く開いた唇の端に、僅かに白いものが覗く。小さな白い輝き。例の八重歯だ。牙というには頼りないが、確かに普通よりも尖《とが》ってはいるかもしれない。

随分綺麗な歯だと思った。

仕事熱心な羽村は、歯磨《はみが》きにも熱心なんだろうか。洗面所の鏡の前で、一心不乱に歯ブラシを動かしている羽村を想像すると妙に可笑《おか》しくて笑いが込み上げる。

笑いながら手を伸ばした。

伸ばしながら、自分はどうして触れようとするのだろうと思う。疑問は鈍く、水の中で外界の声を聞いているようだった。遠く、ぼんやりと頭に響く。

まるで何かに導かれるみたいに、久條は手を差し伸べた。

細く通った鼻筋。肉の薄い頬。広げた手をそっと顔の上で掠《かす》め下ろした瞬間、指先が鼓動を打った。

どくり。肌に触れた指先が、火が灯《とも》ったかのように熱くなる。それは信じがたい欲求だった。

薄い唇を捲ってみたい。この、隠された綺麗なものに触れてみたい。

アコヤ貝の中の真珠とはこんな感じだろうか。

馬鹿なことを考えた。眠っている羽村からは、不思議なほど生の匂いが感じられなかった。指を彷徨《さまよ》わせ、その理由が判った。

息をしていない。

久條は飛び上がらんばかりに驚いた。指先に唇を感じた刹那《せつな》、がらりと背後で障子戸《しょうじど》が鳴ったからだ。

「紘人《ひろひと》、帰ってきてるんだって？」

ふくよかな女性の姿がそこにはあった。


「い、息を…息をしてないようだったので」

疚《やま》しいところは何もない。自分にそう言い聞かせながらも、どうにも決まりが悪かった。

「紘人はいつもそうなんですよ。体によくないらしいんだけど、無呼吸なんとかとか…」

「睡眠時無呼吸症候群よ、お母さん」

説明下手な母親に、先ほどの女性が助け舟に入る。美津子《みつこ》と名乗った女性は、羽村の姉だった。結婚して家は早くに出ているが、すぐ近所に住んでいるそうだ。弟が戻ったと聞き、飛んできたらしい。

姉がいるとは知らなかった。随分と似ていない姉弟《きょうだい》だと思う。

失礼だろうが…あまり器量良しのお姉さんではない。けれど朗《ほが》らかな笑顔や、屈託《くったく》のない話しぶりに、久條はすぐにも好感を覚えた。良くも悪くも、本当に対照的な姉弟だ。

「今日に限って父さんは役場の飲み会で」

「あら、父さんならいないほうがいいって。お客さんが萎縮《いしゅく》しちゃうじゃない。遠慮しないで寛《くつろ》いでくださいね」

夕飯を用意され、きっちり皿を並べられて帰るタイミングを逃した。羽村を送り届け、宿はビジネスホテルでも探すつもりが、いつの間にか泊まる準備までもがなされていた。

「本当に久條さんが来てくださって嬉しいわねぇ、母さん」

羽村は起きてこず、父親も帰ってこない。

少しばかり居心地は悪かったが、言葉に甘えて久條は家族と食事を摂《と》った。

食後はテレビを見た。特にすることもない。薦《すす》められて座ったのは、居間のソファーだ。ぼんやり画面を見ていると、母親が押し入れからアルバムを抱えてきた。

「紘人の写真、見てやってくださいな」

妙な感じだ。これではまるで家にやってきた息子の婚約者みたいだ。面食らう久條に、美津子が告げた。

「紘人が誰かを家に連れてくるなんて初めてよ。彼女どころか友達も作らないんだから。ちょっと変わり者っていうか、人と違うところがあって…」

膝に乗せたアルバムは、厚みも大きさもある立派なものだった。開くと目に飛び込んできたのは、大学時代の羽村だ。

大学の卒業式の羽村は、今とほとんど変わりがない。幾分若い気はするが、雰囲気はそのまだ。高校時代の写真はブレザーの制服で、スーツとさして違わずよく似合っていた。中学では、撫でつけずに下ろした前髪が幼さを残し、美少年といった雰囲気を醸《かも》し出していた。

どの写真も、しっかりと唇は引き結んでいる。笑顔全開の写真など一枚もない。

「紘人はなかなかの美少年でしょ」

それは頷けるが、久條は捲るにつれ違和感を覚えた。笑顔のなさのせいだろうかとも思ったが、それとも違う。

大学生、高校生、中学——捲り続け、写真が途切れたところで再び戻っていき、二往復ほどしてようやく気がついた。

小学生より前の写真が一枚もない。次男ならまだしも、長男で当然溢れるほどの写真を撮っているはずの、幼児期や赤ん坊の頃の写真が一枚もない。

家族に囲まれた写真は、羽村だけが浮き立って見えた。写真の中心でも、端に映っていても。羽村のアルバムだからだろうか。どうしてだろう。考えてみて判る。

違う。羽村だけが、両親や姉と顔立ちが異なっているからだ。

八重歯のない口元が違うだけでなく、鼻も目も、顔の輪郭《りんかく》も、何一つ似ていない。まるでドラマの家族みたいに、面差《おもざ》しのまるで違う男が家族に混ざり込んでいる。

「どうかなさった？」

忙《せわ》しなくページを何度も捲り、家族の集合写真を食い入るように見つめる久條に、母親が不安そうな声をかけてくる。

「羽村さ…紘人さんはどこで生まれたんですか？」

もしやと思った。

まさか。

まさか、そんな馬鹿げたことが現実にあるはずがない。

久條の頭に、初めて掠めた。万に一つもないはずの可能性。本当に呪われた血の――

人の子ではないのでは、という考えが過《よ》ぎり、久條は頭を振った。いくらなんでも短絡すぎる。

「すみません、失礼なことを聞いて…」

慌てて質問を打ち消す久條に、母親は言った。

「何か言ったんですか？　紘人があなたに。何を思い出したって言ってました？」

「お母さん！」

美津子が口を挟む。

「美津子…だっていつ記憶は戻ってもおかしくないのよ？　家を出て生活し始めてからは、ほとんどこっちに寄りつかなくなって…お父さんも、思い出してるんじゃないかって！　遠慮して帰ってこなくなったんじゃ…」

「記憶？　遠慮って？」

「紘人は…お父さんが拾ってきた子なんです」

「お母さん！」

美津子はもう一度声をかけ、諦めたように額を押さえる。向かい合わせのソファーの間に、しばらくの間沈黙が流れた。

美津子の隣で母親が重くなった口を開いたのは、だいぶたってからだ。

「山で…山で野犬に襲われそうになっているところを、あの人が見つけたんです。どうやら捨て子らしくて…四、五歳ぐらいでした。施設に引き取られていったけど、どうもそこで周りの子と上手くいかなかったようで…あの人はずっと気にかけてました。うちで引き取ろうって決めたのは、三年くらいたってからです」

養子縁組をしたのだと言う。

随分と遅いようにも思える決断は、人一人育てるという重さのせいだろう。

「読書が好きな大人しい子でした。最初は童話を読んでたんですけど、あの人が児童向けの伝奇小説をシリーズで買ってあげたらそれはもう喜んで。男の子はそういうのが好きなんでしょうかね…一番興味を持ってたのは吸血鬼の本でした。ボロボロになるまで読み込んで…」

「吸…吸血鬼⁉」

声高《こわだか》に問い返してしまい、母親と美津子が顔を見合わせる。久條は慌てて首を振った。

「いえ、あの…話を続けてください」

思い出したように母親は笑った。

「一度買い直してあげたんで、吸血鬼の本だったのはよく覚えてるんですよ。もうね、本当に不憫《ふびん》な子で…運がないんでしょうかねぇ。小学校の四年生の時には、学校の遠足で事故に遭ったんです。バスがね、転落したんですよ。あの子は窓から投げ出されて…奇跡的に無傷だったんですけど、ただ…その事故で記憶を…」

記憶をなくした羽村に、両親は何も教えなかったのだという。捨て子だった事実も、施設で育った期間も、全部話さないでいると決めた。

そうすれば、初めからこの家の子であったと信じさせることができる。

「後悔はしてませんよ。ただ、ときどきおかしな言動をするときがあるんです。それで覚えてるんじゃないかって。それに、どうしてか友達も恋人も作ろうとしない子で…心配でしょうがなくて」

久條は何も言えなかった。

まさか、息子さんは自分を吸血鬼と思い込んでるようです――とは言えない。きっかけはその事故だったんだろうか。

「友達…ならいますよ。俺、羽村さ…紘人さんと、たまに飲みに行くんです。普通ですよ。普通にいい人です。あー、ちょっとね困ったところはありますけど。飲みすぎるんですよ。もう少しセーブしてくれないかなって、一緒に飲んでるとヒヤヒヤします」

久條は早口に言った。不自然じゃなかっただろうか。嘘は言ってない。

一緒に飲んでヒヤヒヤどころか、今まさに冷や汗は背中を伝っている。

話をするうち、母親の表情が明るくなってきたのは幸いだった。

「…もうこんな時間ね。お父さんったら早めに帰ってくるんじゃなかったのかしら」

部屋の時計が十時を知らせる。古い振子《ふりこ》の掛け時計だった。ボーンと低く響く音は、居間の空気を何度も震わせる。

「そろそろ紘人も起こさないと。放っておくと朝まで寝そうね」

美津子が起こしにいくと言うので、それなら自分がと久條は立ち上がった。やっと緊張から逃れられる。

知ってしまった事実をどうしたものか。口止めはされた。しかし果たして羽村に黙っているべきものか――新たな緊張の波に飲まれる。

息苦しい気がして、すでに寛げていたネクタイをさらに緩めた。ワイシャツのボタンに指をかけ、廊下に出たところで、久條は肩を大きく弾ませた。

青ざめた顔の男が、壁に身を寄せるようにして立っていた。

「羽村さん」

羽村は廊下を走り、玄関から飛び出しかけ、思い直したように足を止めた。玄関脇の元いた和室に目を向ける。そのままふらりと入っていく男の背中を、久條は呆然と見送った。

いつからここに立っていたのか。

いつからにしても、羽村が話を聞いてしまったのには変わりない。

「…羽村さん？」

男は和室に敷かれた布団の上に、膝を抱いて座っていた。丸まった背中をこちらに向け、頭《こうべ》を垂れるように俯《うつむ》いていた。

「羽村さん」

「………何？」

二度呼びかけてやっと羽村が応える。『なんだ』と問われ、言葉を返せなかった。

読書が好きで、吸血鬼の話が特に好きで、ボロボロになるほど何度も読んでいたという羽村。

自分で思い込もうとしたのだろうか。

両親がいない。普通の子と違う。それらの孤独感を癒《いや》すのに、伝奇小説はうってつけだったのかもしれない。

死者の甦《よみがえ》りの吸血鬼に、両親はいない。

自分は吸血鬼だから、両親が判らなくても仕方がない——

寂しい子供の自己暗示。それが事実か知らないが、こんな風に勝手な推論を巡らせる自分も嫌だった。

「…すみません」

「だから、何が？　何を謝ってんの？」

ひゅうっと息の抜ける音が聞こえた。

羽村が笑ったのだ。胸にずきりと重く突き刺さるような、苦い笑いだった。

「満足か？　俺が馬鹿だって…本当のことが判って、満足だろ？」

薄い肩が揺れていた。身につけたままの白いシャツ。皺《しわ》だらけになってしまったシャツの背中が小さく震えていた。

こんな風に追い詰めたかったわけじゃない。

「羽村さん、俺は…」

「…ごめん。八つ当たりだ、忘れてくれ。すまない」

真面目な男だ。いっそ憤懣《ふんまん》をぶつけてくれてもいいのに、羽村は詫《わ》びる。

何も知らない美津子が、風呂を沸かしたと呼びに来るまで、二人は部屋でお互い目線を合わせないようにして過ごした。

和室は久條の寝室にもなった。

六畳の畳の上に布団を並べて眠る。何もない部屋だった。小さな床《とこ》の間《ま》に、模造品とすぐに判る安っぽい掛軸だけが下がっていた。

旅館の客室にも似ているが、それにしては狭く、布団を二組並べるとすぐ傍に相手の息遣いを感じた。

眠れなかった。

羽村は背中を向けていた。薄い肌布団に包《くる》まった背中が僅かでも震えれば、もしかして泣いてるんじゃないかと心配になる。

眠ってるならいい。

返事がなければ、安心できる。

「…羽村さん」

久條は低い囁き声で、名を呼んでみた。

返事はない。もう一度呼んでみようか。乾いた唇を開きかけた瞬間、暗がりの塊《かたまり》が動いた。

「俺はまだ子供なんだな」

ぼそりと独り言のように男は呟いた。

「え…？」

「…親だよ。この年になっても、親にとっては俺は小さい子供のままなんだなって思った。養子だとか知ったぐらいで、傷つくような年じゃないのにな」

生《お》い立《た》ちがどうであれ、気がかりな息子には違いない。羽村はそれを痛いほど理解できる年齢だった。

でも、どうだろう。

「でも…羽村さん、傷ついてる」

久條の言葉に、男は息遣いだけで笑った。

「捨てられてたってのはやっぱり…」

言いかけて羽村は息をつく。声が震えかけたように感じられたのは気のせいじゃないだろう。もう一度口を開いた男の声はしっかりとしていた。

「知らなきゃよかったよ。吸血鬼のまんまでも案外楽しかったのにな」

「人間は…もっと楽しいです」

もぞもぞと塊は蠢《うごめ》き、久條の方を向いた。この家にきて初めて視線が絡んだ。

「手始めに、帰ったら飲みに行きましょう。羽村さんの好きな酒、大吟醸酒…希少な銘酒《めいしゅ》揃いの店、俺新しく見つけたんです」

「…うん、行こう」

「ちゃんと味わって飲んでくださいよ？　水みたいに飲まれちゃ、店の人の視線が痛いんですよ」

「…うん、ごめん」

「それから、焼酎《しょうちゅう》も飲みましょう。最近いいの増えましたからね。やっぱ今は芋《いも》でしょ、芋」

「…うん、楽しみだ」

互いに頭を枕につけたまま、真っ暗な部屋で話をした。羽村がこちらを見ていた。口元は肌布団で覆《おお》われているのに、何故だか久條には羽村が微笑《ほほえ》んだのがよく判った。

「羽村さんは…自由になったんですよ。これからは友人も作れるし、恋人も作れる。もう吸血鬼なんかじゃない」

「……うん」

羽村は小さく頷いた。

布団の隙間から、白い影が波打つように伸びてきた。羽村が手を伸ばし、久條も釣られるように手を差し出した。

指先が、掠めるように一瞬だけ絡んだ。

◇◇◇

盆休みが明け、暑い暑いとぼやいているうちに八月も終わり、九月に入った。

残暑厳しく、まだ日中は真夏と変わらなかったけれど、朝夕は日差しが和《やわ》らいだように思える。

秋の気配を感じ始めようかという九月の半《なか》ば、一人の女性が結婚した。長年経理事務で支店を支えてきたマドンナ。マドンナにしちゃ随分と恐いところがあるが…世話になった下井《しもい》の晴れ舞台、披露宴《ひろうえん》に支店からは大半の職員が列席した。

本社からの出席者までいて驚いた。意外な派手婚に新郎はどんな男かと思いきや、商社マンで列席客は新婦よりもさらに多かった。

「下井さん、久しぶりに会ったけどやっぱり綺麗ね」

宴《えん》もたけなわ。お決まりのカラオケタイムが始まり手洗いに立った久條《くじょう》は、なんとなく腰を下ろした会場の外のソファーで声をかけられた。

「あぁ、そうだな」

「興味ないって言ってたくせに」

「結婚式で綺麗じゃない女なんてそうはいないだろ？」

「それ、下井さんには聞かれないようにね。全然褒《ほ》め言葉になってないから」

シフォン使いのフォーマルワンピースの腰に手をあて、小山美鈴《こやまみすず》は呆れ顔を見せる。

「来てたの、気がついてたよ」

久條は見上げて言った。

本社からは付き合いのあった女子社員が招待されていると聞いていた。その中に別れた小山美鈴の姿があることに、披露宴が始まる前から久條は気がついていた。

着飾った美鈴も、花嫁姿の下井に劣らず綺麗だ。けれど、話しかけはしなかった。

「どうせそっちから声をかける気はなかったんでしょ？」

「かけるべきじゃないかと思って」

「冷静ね」

慣れない纏《まと》め髪が気になるらしく、項《うなじ》の辺りを彼女は押さえる。腕に引っ掛けた小さなパーティバッグが揺れ、スパンコールを煌《きら》めかせた。

目が合う。首を傾《かし》げた美鈴はこちらを見つめ、ふと頭を過《よ》ぎった久條の疑問を読み取ったかのように応《こた》えた。

「いい人だったよ。後悔してない」

最後の電話で見合いをすると言っていた。たぶんその相手の話だ。

「…そうか。よかったな」

美鈴は溜め息をついた。

「私、本当は柾己《まさき》と結婚したかったんだけどな。だいぶ前からそれは無理だって気がついてた。柾己って恋愛できない人でしょ？」

「…どういう意味だ？　付き合ってたよな、俺とおまえ」

「深い意味はあるけど、ない」

「…どっちなんだよ」

謎かけをしておきながら、美鈴はあっさり引いた。

「もう終わったことって意味よ」

小さく笑う。薄紫の柔らかなワンピースの裾《すそ》が揺らめく。身を翻《ひるがえ》すと『じゃあね』も、『またね』もやはりなく、彼女は会場に戻っていった。

意味が判らない。判らないが、とても重要なことを言われた気がする。

久條は美鈴の消えたドアをしばらく見つめてから立ち上がった。

会場では会社の事務の女の子たちが、結婚式の定番曲を熱唱しているところだった。練習していたのだろう。声も上手く揃《そろ》っているし、軽く振りなんかもついている。

さっと会場を見渡し、自分のテーブルへ戻ろうと円卓の間を歩いていると、女性の声が聞こえてきた。

「どの人？」

「あの人」

「え、あの人ってどの人よ？」

「ほら、あのテーブル！　物思いに耽《ふけ》ってる感じの！」

座席から不意に突き出された指が、脇を過ぎようとした久條にぶつかりそうになる。

あの人って、どの人だ？

それらしき方角は自分がまさに戻ろうとしているテーブルだ。連れションならぬ連れタバコ、歌の時間が喫煙タイムとばかりにぞろぞろと人が出ていき、円卓には羽村《はむら》がただ一人ぼんやりと座っていた。

名札の刺さったカードスタンドを手に取り、繁々《しげしげ》と見つめている。

その姿は、何か小難しいビジネス書でも読んでいるかのような真剣さだ。伸びた背筋のラインが美しい。背後のテーブルで膨《ふく》れた腹を突き出し、だらしなく座っている課長とは対照的だ。

久條は歩み寄ると、背後から覗き込んだ。羽村が眼鏡のレンズ越しに眼差しを向けているものに、目を止める。

「『コレは、もらって帰ってもいいんだろうか』」

「え…？」

「合ってるでしょ？　羽村さんの気持ち。読心術です」

羽村が手にしているのは、小さなキューピッド人形のついたカードスタンドだった。食玩《しょくがん》と似てなくもない。

隣の席に着きながら振り返ると、さっきのテーブルの女性たちはまだこちらを見ていた。羽村がよさげな男に見えたとか、そんなところだろう。

まさかキューピッド人形に心奪われてるとは思いも寄るまい。

「そういうのはもらって帰っていいらしいですよ。なんなら俺のもあげましょうか。こっちは色違いです」

「いや、いらない」

羽村は首を振る。

ふう。溜め息をついた横顔に、何が起こったのかと思った。憂鬱《ゆううつ》そうな表情、あからさまに感情を表に出すのは珍しい。

男は浮かない顔をしていた。そういえば、披露宴が始まってすぐから、沈んだ表情は見せていたかもしれない。

中盤も過ぎた宴は、祝電披露、両親への花束贈呈と続き、閉宴《へいえん》のときを迎えた。カクテルドレス姿の下井と、ダンナに収まった男に出口で送り出される。

「二次会は？　参加しないんですか？」

引き出物の袋を引っ提げ、迷いもなくエレベーターに一人向かう背中を追った。

「あぁ、俺は…」

「そういうのは得意じゃないから？　人付き合いは避けてるから？」

羽村は曖昧《あいまい》に頷く。人に流されるようにして男はエレベーターに乗り込み、閉じようとするドアに久條も慌てて身を滑り込ませた。

二次会は不参加。なんとなく成り行きで、自分も決まってしまった。明日、下井に嫌味を言われるかもしれないがしょうがない。

羽村が気になるのだから、仕方ない。

「下井さんって真面目だな。明日も出勤するらしいよ」

ホテルの回転ドアを潜《くぐ》り抜け、通りに出たところだった。連れ立って歩いている意識もなさそうだった男が、唐突に口を開いた。

「月末まで居てくれるそうですね。彼女が居ないと、確かに支店の期末処理はやばいでしょ」

下井は八月の退職を希望していたらしいが、新婚旅行も専業主婦も先送り。今月末の期末処理を終えてからの退職に変更したのだとか。

立つ鳥後を濁《にご》さず。たしかに真面目だ。

「綺麗だったな、下井さん」

「あぁ、そうですね」

「…幸せになるんだな、これから」

久條は羽村を見る。

似つかわしくないセリフに思えた。沈んだ声は、まだ日中の空気がじっとりと重いからではないだろう。

爽《さわ》やかというには気温の高すぎる日差しが、午後の通りを照らしていた。

日曜の午後、三時をすぎている。夏休みが終わっても、休日の人の多さは変わらない。今時の風潮に合わせて引き出物はカタログだったが、その利便性を無にするように、外箱の大きな菓子がこれまた無駄に底の大きな紙袋にセットで入っていた。

二人は苦労して人込みを掻《か》い潜《くぐ》りながら歩いた。

久條は紙袋を何度か膝頭《ひざがしら》で蹴り上げ、問いかけた。

「もしかして好きだったんですか？　下井さんのこと」

思いつきは、言ってみると妙にしっくりきた。

そういえば年齢も近い。バランスが取れてるし、なにより羽村は『誰とも付き合ったことがない』とは言ったが、『誰も好きになれない』とは言わなかった。

返事はない。聞こえなかったのかと思い、そのわりには少し歩くスピードの増した気のする背中に繰り返した。

「好きだった？」

すべてを遮断するように真《ま》っ直《す》ぐに伸びた背中が、歩みとは違う動きに揺らいだ。

「判らない」

「付き合いたかったですか？」

「まさか。時々話をするぐらいで、考えたこともなかったよ」

時々。じゃあ、それなりに親しくはしていたのだろうか。

同じ支店、同じフロアに十年近く。付き合いの悪い難攻不落《なんこうふらく》の男のように下井は羽村を言っていたが、例外はあったのかもしれない。こうして自分が羽村と話をするようになったみたいに、きっかけさえあれば——

時々…ランチを共にしたり、時には会社帰りに食事に出向いたり。あのことさえなければ、羽村はもっと積極的に恋愛できたんだろうか。

今日彼女の隣にタキシード姿で立っているのが、羽村なんて可能性もゼロではなかっただろうに。

羽村は歩調を緩《ゆる》めると、少し俯《うつむ》き言った。

「…笑ってくれたんだ」

「え？」

「前に出張旅費の精算を間違えたときだ。『あとでこっそり直しておきますね』ってにっこり微笑《ほほえ》みかけてくれた。忙しいだろうに、優しい子だなって…」

「…って、なんの話してるんですか？　まさか、それだけ？　時々って…仕事の時々？」

一瞬にして話の様相が変わった。

「それだけってなんだよ。『時々』に種類なんてないだろう？　前に経費担当だったコなんて容赦《ようしゃ》なかったんだぞ？　鬼の首取ったみたいに小言並べて、一箇所《いっかしょ》のミスで一ヵ月は嫌味を言われ続ける」

——いや、下井も充分に容赦ないと思うが。

だからこそ、たまの優しい態度にふらりときたのか。

「羽村さんって…」

意外に惚《ほ》れっぽいのかもしれない。

恋愛に免疫《めんえき》がないゆえか、天然か。

「…どうした？」

立ち止まった自分を羽村が見る。

薄い紫のカラーシャツがよく似合っている。青みがかったグレーのスーツも、姿勢がいいから仕立てよく見える。ネクタイの柄は少し地味すぎる気もするが、羽村らしくて納得できる。

いや、それはいい。そんなことはどうでもいいのだ。

久條は披露宴で羽村を見ていた客を思い出していた。

問題は…キテレツなところがあっても、クールも無口も作り事だろうと、机の中に食玩フィギュアを並べていようと…羽村が、思った以上に女性を惹きつけることだ。

——問題？

何がプロブレムなのだろう。

「久條くん、どうかしたのか？　忘れ物でも…」

首を一振りし、歩き出した。

羽村がその気になれば恋人はすぐにでも作れるだろう。恋人といわず、羽村の年齢なら将来の伴侶《はんりょ》でも。

めでたいじゃないか。

何を納得できないでいるのか判らなかった。

「羽村さんなら、これからいくらでもいい女性が見つかりますよ。忘れたんですか？　もう自由だ。恋愛も自由にできる。束縛から解放されたんです。普通の幸せっての、摑めばいいじゃないですか」

なんの営業トークかと思った。言葉はつらつらと出てくるが、心が伴《ともな》っていない。

面白くないらしい。普通の羽村、幸せな羽村。人の幸運を喜んでやれないなんて、いつから自分はそんな落ちた人間になったのか。

言葉の嘘を繕《つくろ》うために笑顔を作れば作るほど胡散臭《うさんくさ》くなる。

「そうだ、よかったら今度俺がセッティングしますよ。コンパ。もう参加してみたっていいでしょう？」

これが営業なら、客に見透かされるのは必至。自分でも呆れるほど調子のいい、誠意のない言葉だった。

「そうだね。君は案外面倒見がいいんだな」

素直に微笑む男が信じられない。

羽村は笑った。

それは数ヵ月ぶりの出来事だった。捲《めく》れた唇から八重歯が覗き、羽村があっとなる。焦《あせ》って隠そうとしてから、男はもう一度はにかんで笑った。

今度は隠そうとしなかった。

「もうこれも隠す必要ないんだな」

もっと見ていたかった。

まさか『笑ってくれ』なんて変質者みたいなことは言えないから、久條は何気ない素振りで告げた。

「そうだ、今日はビヤガーデンに寄って帰りませんか？　たしか知ってるとこ、今週まで なんです」

羽村の笑い声はあまり美しくない。

それに気がついたのは、二度目に羽村の家を訪れたときだった。

一度目は、下井の披露宴の帰りだ。百貨店屋上のビヤガーデンに行くつもりが一足遅く、前の週で営業期間は終了していた。どのみち酒目当ての店に行くには時間が早すぎた。

『じゃあコーヒーでも』

二次会をキャンセルしておきながら、真っ直ぐ帰る気になれない自分に、羽村が思いがけない提案を寄越した。

『ビールなら、俺の家で飲む？』

羽村の家まで向かった。広くも新しくもないが、入るのを躊躇《ためら》うほど古い外観のマンションではなく、室内は几帳面な男らしく綺麗に整理整頓《せいとん》されていた。

コンビニで買ったビールやツマミで酒盛りをした。リクライニングのいい波型の座椅子が心地よくて…座椅子が気に入ったわけじゃないが、翌週の週末も半ば強引に押しかけた。

「羽村さん、それで金曜は空いてますか？　十月の二週目です。来月に入れば人も集まりやすいみたいで…」

コンパの計画が首尾よく纏まってきたのを伝えるためだった。会社でも充分な連絡事項は、やはり単なる口実だろう。

どうやら自分は、わざわざ休日を潰してまでこの家に来たかったらしい。

バニラ色の生成《きな》り地のチェアを揺らしてみる。絶妙のフィット感が心地いい。きっとこの魅惑の座椅子のせいだ。そうだ、そうに違いない。

　追及するのはマズイ気がした。

「特に予定はないけど…自信がないな。そういう集まりは…その、ずっと避けてたから」

「学生のノリみたいなのは俺だって勘弁ですよ。あくまで交流を広げる場ってことで。人数も少人数にしますから」

「…そうか。じゃあお願いしようかな」

「伝えておきます」

「あ、ありがとう」

　律儀に礼を言い、テレビの方へ向き直る。

　羽村はさっきからテレビに釘づけになっていた。日曜の夕方六時半が『サザエさん』なら、五時半は──『笑点《しょうてん》』だ。

　笑点に夢中になる男というのもどうかと思うが、羽村のツボは変だった。

　座布団を取られる度《たび》に笑う。しばらく見ないうちに、上手いネタほど座布団を失うルールに変わったのかと思った。もちろん座布団を取られるからといってつまらないと決まったわけでなく、敢えて取られて笑いを得る場合だってあるけれど──それにしても、だ。

　ズレている。さすがは課長のダジャレで笑える男なだけある。

　しかも羽村の笑い声は妙だった。

陸《おか》に上がった魚みたいな声だ。いや、魚は鳴きも笑いもしないが、事切れる寸前のような、悲鳴のような——ようするに、聞くに堪《た》えない奇っ怪な声だ。

笑うにもある種の『慣れ』は必要だったのか。

羽村はぺたりと床に腰を落ち着けていた。テレビに張りつく位置に座り、キイキイ鳴いている男を久條は見つめる。

「羽村さん、ソレ、苦しくないんですか？」

「く…苦しいよ。でも、おかっ…可笑《おか》しくて」

「笑いながらそんなに息吸わなくていいんです。吸い過ぎるから苦しくなって…ほら、噎《む》せるまでいく」

チェアから降りると、ついに背中を丸めて咳《せ》き込《こ》み始めた男の背中を摩《さす》ってやる。すっかり面倒見のよくなってしまった自分に苦笑うしかなかった。

半袖の綿シャツ。淡い格子柄《こうしがら》のシャツは、撫で下ろすとさらさらしていて、その下の浮き上がった肩甲骨《けんこうこつ》や背骨を感じる。

「そう、吸うより吐く感じですよ。上手く息継ぎ入れて」

「こう？　あははは」

「なんか、わざとらしいな。もっと自然に、ナチュラルに！」

「難しいんだな」

そう言って羽村は、やっぱりキイキイ笑った。

一気に童顔になる。いつにも増して幼くなるのは、洗い晒《ざら》しの前髪のせいだ。

変に固めた髪より、この方がずっといい。

耳を塞《ふさ》ぐより先に、目を奪われた。脈が乱れるような感じがして、『なんだ、コレ』と胸の辺りを押さえてみたくなった。

無意識にいつまでも背中を撫で摩っていた手のひらに気がつき、慌てて引っ込める。

そのまますとりと床に腰を落ち着けた。

「あ…」

羽村が首を捩《よじ》り、自分を見返す。

まさか不整脈を気取《けど》られたのかと思った。

「な、なんです？」

「家に来たの、君が初めてだ」

何を言い出すのかと思えばだ。

変なだけでなく、鈍い。

普通今頃になって気づくだろうか。二回目だ。滞在時間は、しめて八時間は経過してる。

羽村はくっと眉根を寄せた。

「なんだよ、そりゃあ郵便の人とかセールスとかは来るよ。俺が言ってるのは、そういうのじゃなくって…」

鈍いだけでなく、勘違い。

「あれ？　『郵便の人』って、なんか『ハムの人』みたいだね」

キイキイ。羽村が短く噴き出す。

そういえばこの声は、コウモリの鳴き声にも似てるかもしれない。ちゃんと聞いたことがあるわけじゃないが、超音波声には違いないだろう。

ふとそんなことを頭に巡らせていると、羽村が思い切るように言った。

「君でよかった」

「え…？」

「あの日…自分を『吸血鬼』だなんて口走ったのだよ。君でよかった。ほかの人なら、笑っておしまいにされただけだろう」

「それか『いい病院』を紹介してもらえるか」

「それは…勘弁してくれ」

あれだけ自分をやれ吸血鬼だ、不死身だと騒いでいた男が気恥ずかしそうに顔を伏せる。断言して憚《はばか》らなかった記憶があるからこそ、恥ずかしいのか。

「そういえば、なんであの日に限ってあんな風に言ったんですか？」

何故あの日…偶然社内で笑い顔を見せた日。お天気の話題に乗るみたいに、『吸血鬼』だと羽村は応えたのだろう。

「魔が差したってヤツかな。下井さんが結婚するって話、偶然給湯室で立ち聞きして……」

「投げやりになったってヤツですか。ホントに下井さんを好きだったんですね」

「どうかな…たぶん、ただの憧れだ。大人げないね、そんな理由で君を巻き込んで。優しいんだな、君は」

羽村の手が伸びてくる。自分の膝近くまで至った手に、心臓が飛び跳ねた。白い骨ばった指は、傍《かたわ》らの缶ビールを摑んで引っ込んでいく。

大は小を兼ねる。とりあえずたくさん入っていればいいだろうと久條が何本か手土産に買ってきたビールは、すべて五百ミリリットル缶だった。

二本目のそれをコクコクと飲み干さんとしている羽村に、久條も忘れていた存在を思い出した。

チェアの脇に置きっぱなしにしていた缶を手に取る。

「羽村さん、俺は別に特別優しくもないですよ。普通の男です。いや、普通より悪い。たぶん情には乏《とぼ》しいし、薄情だってよく…」

優しいだなんて言われたのは初めてだ。

コクリ。飲んでみたビールはすっかり温《ぬる》くなっていた。ひと口流し込んだビールの不味《まず》さを舌で味わいながら、羽村を眺めた。

所詮《しょせん》平均より整っているだけの日本人の男の顔に過ぎない。よく動く愛くるしい瞳も、よく喋る柔らかな唇も持ち合わせていない。

なのにどうして目が離せないのか。

ごつごつしていただけの背中の感触。それをもう一度確かめてみたいとか、悪趣味な思考に陥《おちい》る。

羽村は気がつかないでいたと言う。けれど、久條は意識していた。

随分前から…先週の披露宴の帰りから、羽村の『ビールなら、俺の家で飲む？』から――もしかして自分が家を訪ねる第一号になるんだろうかと緊張していた。

人はみな『特別』なものが好きだ。その程度の喜びだと高を括《くく》るには、この心臓の弾みようは尋常じゃない。

羽村が案外下井に本気だったと知って、落胆もしてる。コンパで新しい恋の斡旋《あっせん》をしてやると決めたくせに、やっぱり羽村が異性に惹かれるのは面白くない。

ああ、そうか。コンパは口実なのか。

接点を失いたくないが故《ゆえ》の、苦しい理由づけ。本気で羽村に好きな人間などできては困るのだ。

不可解な心の揺れに、久條は自問自答した。

こういうのをなんと言うんだったたか。

なんて言うんだっけ。この気持ち。

そうだ——

「久條くん、それ、もう飲まないならもらってもいいか？」

不味さに放り出した缶を、羽村が指差す。

「温いですよ？」

「なんでもいい。喉が渇いたんだ、笑いすぎたみたいで」

飲み残しのビールに、男は躊躇いもなく口をつけた。

蠕動《ぜんどう》する喉に、久條の視線は自然と移った。

「久條くん？　やっぱ飲みたかった？」

羽村が驚いた顔をする。理由は判ってる。自分がいきなり缶を奪い取ったからだ。

手首を掴み寄せれば、男は目を瞬《しばた》かせる。

驚きから困惑の表情へ。

早く言わないと。久條は焦った。

アレだ、アレ——この気持ち。自分はどうも羽村が気に入ってるようなのだ。一言で言えば好き。二言で言えば…恋愛感情？　上手く二言になってない気もするが。

久條は混乱していた。

どうやってコレを伝えればいいんだったか。

そこまで考えて、誰にも自分は想いを告げようとした例《ため》しがないのだと知った。自分の恋愛はいつも人任せで始まり、人任せで終わっていった。流れの真ん中の石のように、自分は突っ立っていただけだった。

困った。どうしよう。もう目標物は目の前に迫っていた。

「くじょ…」

訝《いぶか》しんで名を呼ぼうとする羽村の口を、反射的に塞いでいた。

手近なもの、唇でだ。

後には引けず、手首を引っ摑んだ手に力を込めた。不安だからもう一方の手も。念のために上半身を胸で。押しやって体重をかけ、あっさり床に転がってしまう薄っぺらな痩《や》せた体を縫《ぬ》い止めた。

こうやって人は極悪人になっていくのだろうか。ちょっと財布の中身が寂しくて、後で返すつもりで母親の財布から千円札を抜き取り、悩みつつも同級生の財布を拝借《はいしゃく》し、まぁいいやとご老人のバッグをひったくって、気がついたら模造拳銃を手に銀行に押し入っているのか。

どんどん欲しくなる。

もっと、もっとと。

理性の効くうちに離れなければと判っていた。

けれど、触れた唇はあまりにも心地が良かった。クーラーのせいか、少し冷たい。柔らかな

弾力は、久條の唇を吸いつくみたいに押し返してくる。

放せなくなった。ろくすっぽ抵抗されず、引くに引けなくなったというのもある。

「く…じょうくん、な…に？」

羽村はぼんやりと体重を受け止めていた。

不自由そうに唇を動かして尋ねてきた。

これ何、と。

「キス…みたいだ」

「…うん」

そうだ、その通りだ。自分でも驚いてる。

「なん…で、する…んだ？」

「うん…」

聞かないでほしい。その理由をどうやって告げようかと、今思案しているところだ。

これ以上の会話は保留にしたくて唇を吸い上げた。舌先で上唇を捲り上げ、沈み込ませる。深く口を押し合わせる。

開かせた口に舌を送り込んだ。部屋の間取りでも手探りで確かめるかのように、粘膜の壁をあちこち撫で回し——

「…んっ…」

小さな呻《うめ》きがぞくんときた。

くにゃりと羽村の両手は床に伸びたまま。自然と久條の力も緩む。半袖から伸びた腕を撫で下ろし、無意識に手のひらで体のラインを辿《たど》り始める。

骨っぽく薄い筋肉を纏ったただけの体。その硬さを確めながら、口腔を愛撫する。

「あ。あ…」

舌先でそれを掬《すく》い上げた瞬間だった。

左右均等に突き出した歯。尖った一方の歯先を、擽《くすぐ》るように舌で舐め上げた瞬間、羽村の体が床の上で跳ねた。

「いっ…」

舌を噛みそうになった。

がっと伸びた手が、久條を突く。突き飛ばす。遠慮なんてない。押さえきれないほどの力に、どこにそんなものが隠されていたのかと思った。

油断しきっていた久條は、あっけなく空《くう》に押し上げられ、弾き飛ばされた。

「羽村さん…！」

すぐさま手を伸ばす。もう羽村に触れることは叶わなかった。

駆け込むような素早さで、男は部屋の隅に移動した。テレビと本棚の間の角に体を押し込め、こちらを窺うように見た。

「…触るんじゃない」

震える声だった。

羽村は久條の触れた唇を両手で押さえ、見たこともない怯《おび》えた目で自分を見た。


すべてを掻《か》き集めて、その場に深く埋まってしまいたいような衝動だった。

手の届くものを羽村は何でも引き寄せた。クッション、読みかけの雑誌、転がっていたビールの空き缶。そんなものをいくつ集めたところで、自分を埋めてしまえるはずもないのに。

床の物に気がつくのに、そう時間はかからなかった。身《み》の丈《たけ》半分ほどの分厚いフロアマットを引《ひ》き剝《は》がしたところで、多少気持ちは落ち着いた。とりあえず、自分を半分ほどは久條の視界から隠すことに成功したからだ。

「…そんなに恐がらないでください。帰りますから」

マットを被《かぶ》って息を殺していると、暗く沈んだ男の声が響いた。

男の声は足音に変わり、足音は羽村の傍《そば》から遠退《とおの》いて、数分とかからずに玄関から去っていった。

部屋が無人になっても、しばらくはマットを被っていた。体の右側に位置するテレビでは、いつの間にか笑点も終わっていた。雑音でしかない人の声が、耳元で舞っている。

どうして。どうしてこんなことになったのだろう。

『近くまで来たので、寄ってもいいですか？』

久條から携帯に電話がかかってきたのは、午後二時頃だった。『コンパのことで話がある』と言われた。

正直どうでもよかった。もうコンパなんて年じゃないし、柄でもないし、緊張するだけなのも目に見えている。

けれど、断るのはせっかく自分のために準備してくれている男に対して悪かった。それに、久條と話をするのは嫌じゃない。

もう――

もう、話す機会もなくなっていくのだと思っていた。

あの日、予定外に実家に戻った夜。真実を知ったあと、じわじわとそれを感じ始めた。久條はまた飲みに行こうと誘ってくれたが、慰《なぐさ》めに言ってくれたのはよく判っていた。

先輩と後輩。主任と部下。元の関係が味気ないものに思えて、ぞっとした。

自分はどうして誰も知らずに生きてこれたのだろう。

どうして誰かの存在を知ってしまったのだろう。今更。何気ない存在の大きさに、慣れてしまったのか。

どうでもいいはずのコンパが重要になってきた。『その話なら会社で聞くよ』なんて言えない。言ったら、久條は家には来ない。

まるで即決しなければいけない商談のように、神妙な顔で久條を迎え入れた。そのくせ久條がなかなかコンパの話を切り出さないのをいいことに、羽村も触れずに先延ばしにした。商談が纏まれば会議は散会になる。

とりあえずビールを飲んだ。テレビを見た。二人でいた。全部『とりあえず』だったが二時間ほど続き、だらっとした空気が普通になった頃、久條がコンパの一件を持ち出し、それから苦しくない笑い方を教えてくれて――

些細《ささい》なやり取りが嬉しくて、胸が躍《おど》った。

こういうのをなんと言うんだったか。

なんて言うんだっけ。この気持ち。

そうだ――

判りかけたところで、久條が不可解な行動に出た。

どうしてこんなことになったんだろう。

最初の疑問に戻る。

キスかと尋ねたら、久條は頷いただけだった。どうしてかと問うたら、やっぱり同じ返事で、まぁいいかと思った。

キスのようなものは心地が良かった。頭が熱っぽくぼんやりして、ふわりふわり。浮いてるような感じに反して、時折どこかに落ちてしまいそうな感覚も襲った。それを繰り返すうちに体は熱を孕《はら》み、溶け始めたようになった。

流れ出した熱は、腰の辺りに甘く纏わりついた。

それから——

久條が舐めた。

舌先がアレに触れた。

「う…」

心臓が口の中にあるみたいだ。鼓動を打ってる。

羽村は引き被ったマットを肩を揺すって払い落とし、部屋の中を見た。誰もいない。当たり前だ。自分がこの部屋に来る唯一の人間を追い払ったのだから。

立ち上がり洗面所に向かう。

どくん。歩くたびにそれは脈打った。

痛みとは違う。不快というより、激しい違和感。どうにかなっているのはまず間違いなく、恐怖で胸は張り裂けそうだった。

恐かった。鏡の中に自分はちゃんといた。小さな洗面台の鏡に映る自分と、口元をきつく押さえ込んだ両手を見つめる。

細かく震える睫《まつげ》。底のない自分の黒い眼の中に、羽村は思い出した。

小さい頃、野犬に追われたことがある。

メチャクチャに転びながらも、どうにか走れたからあれは四、五歳くらいか。

暗い森の中だった。自分はどうしてあんなところにいたのだろう。木立《こだ》ちが揺れていた。子供の視点では木々は恐ろしく背が高く、深い谷間を走っているように感じられた。黒い葉陰はざわざわと絶え間なく揺れ、月光だけが時折気紛れに自分を照らし出した。

犬はどこまでも肉の匂いを追った。

はあはあ。背中に聞こえる息遣いはやがて熱を伴う。吹きかかるほど近くに餓《う》えた息を感じ、そして裂けた大きな黒い口と、牙を感じた。

木の根に足を取られ、転んだ自分に犬は襲いかかった。太い前足で胸を押さえつけ、一瞬の躊躇いもなく腹に食らいついた。肉を裂く牙の温かく湿った感触。悲鳴を上げ、犬の頭を闇雲に蹴った。

食い千切られた腹を押さえ、羽村はその場で転げ回った。

そうだ、あのときも…こんな風に押さえた手のひらを離せなかった。見るのが恐かった。

羽村は意を決し、そろりと両手を引き剝がす。

鏡の中に、長い間押さえ込まれていた唇とソレが現れる。

羽村はふと思った。

そう言えば、あのあとはどうなったんだろう。

月曜の朝礼は部長の小言に始まる。

そして課長の少しピントのずれた励《はげ》ましが緩衝材《かんしょうざい》となり、締めは第一営業課主任羽村紘人《ひろひと》に回された。

「健康第一です。怪我や病気のないように、今週も頑張りましょう」

羽村の言葉が最後まで終わらぬうちに、皆ばらばらと仕事につき始める。別に聞き飽きているからじゃない。朝礼の最後を締めくくる羽村の一言は毎回同じで、『解散』の合図のようになってしまっていた。

斜向《はすむ》かいの席。畏《かしこ》まった顔のまま、ブリーフケースに荷物を詰め込む男を久條は見つめる。普通の男だ。極《ごく》普通のサラリーマン。

スーツを着込み、首からネクタイをぶら下げた自分と同じ…男。もう少し早く自分の気持ちを認めていたなら、逆に躊躇い、慎重になったかもしれない。

発作的に唇を奪った。

考えるより先に触れた。

柔らかな唇の感触とか、甘さとか。触れる喜びに、相手が男も女も関係ないのだと知ってしまった。

あの唇に触れたのだ。薄くて、でもほんのり色づいていて、ツンと澄ました風な唇。

今までただ小綺麗《こぎれい》だとしか見ていなかったスーツ姿が、妙にエロティックに映る。

あの服を剝《は》ぎ取《と》る様を想像した。体中を撫で回し、昂《たか》ぶらせ、自分にしがみついてくる様を頭に描いた。男とは哀れな生き物だ。散々妄想を膨らませたあげく、最後は羽村のあの表情に行き着いて、これ以上落ちようのないところまで沈み込んだ。

あの、自分を畏怖する眼差し。

後悔と反省。ついで落胆。どっぷりと自己嫌悪。

羽村に突かれた場所は、爪が掠《かす》めたのか血が滲《にじ》んでいた。拒絶された証《あかし》は、見るだけで辛かった。

「羽村さん」

男が荷物を整え、営業に出るのを待って後を追う。廊下で声をかけたが、羽村は振り返らなかった。

「羽村さん！」

エレベーターの前に辿り着いた。足を止めるしかなくなってから、ようやく男はこちらに顔を向けた。もちろん気がついていなかったはずはない。朝礼のときもその後も、あれだけ見つめていたのに視線が一度も絡《から》まなかったのは、故意に無視されていたからだ。

「昨日はすみませんでした」

久條は詫《わ》びる。羽村の答えは決まっていたようだった。

「気にしてない」

嘘だ。

「それじゃ、急いでるから」

怒るより、遠ざけるのを選んだからに決まってる。

「羽村さん、待ってください。話が…」

「もう終わっただろう？　俺はなんとも思ってないよ。わざわざ謝らせて悪かったね。九時半に約束があるんだ。時間にうるさい取引先だから、もう行かないと…」

「飲み会！　コンパは来てくれますよね？」

こんな約束に縋《すが》ろうとする自分が情けなかった。案の定、羽村は困惑した顔をする。

あぁ、そんな表情をさせたいわけじゃないのに。何か言わねば、何か。許しを乞《こ》う言葉。その気にさせる言葉——

「気にしてないなら、今更断ったりしませんよね」

自分の姑息《こそく》さに目眩《めまい》がした。

その日から、羽村はおかしくなった。

喋らない。笑わない。仕事に没頭している。

それはたぶん、なんら問題のない日常的な光景だった。話しかけても事務的にかわされる…

数ヵ月前なら至って普通だったその態度が、久條には酷《ひど》く堪《こた》える。重く圧《の》し掛《か》かる。

無理矢理に約束は取りつけたものの、羽村が自分を避け始めたことに変わりはなかった。

キスなんてしなければよかったと省《かえり》みる。

同時に、キスぐらい忘れてくれてもいいじゃないかと思う。

人間とはバランスの生き物だ。エゴと理性が小競《こぜ》り合う。ちっぽけな自分の中ですら、満場一致で答えが決まらない。

欲気《よくけ》を出したりしなければ、いい関係を保てたのだろうか。

でもいい関係ってなんだ？　別に羽村と友達になりたいわけじゃない。

「あ、コレいらないならほしいなぁ」

外回りから一旦戻り、資料を揃え直して再び外出しようとしたときだった。

斜向かいの机の前で、事務の岩木由里《いわきゆり》が足を止めた。

羽村の席だ。心なしか…いや歴然と直行直帰の多くなった男は、今日も席を外している。無人の机から岩木は何かを摘《つま》み上げ、久條はブリーフケースに資料を押し込んでいた手を止めた。

「あ」

「渋茶《しぶちゃ》コアラ、私集めてるんです」

袋に入ったままの食玩を裏に返したり表に返したり。物欲しげに見つめながら、彼女は手にしたカップのコーヒーを啜《すす》る。

三時の休憩タイムらしい。十年近く勤め上げた下井は、九月末付で退社し、経理事務は空前の忙しさ——のはずなのが、マイペースな岩木だけは休み時間でなくともぶらぶらとフロアをうろついている。

「コレいらないですよね？」

「い…らないってことはないと思うな」

「そう？　主任、こんなの興味ないでしょ」

「それは本人に聞いてみないと」

暗にもらってもいいかと訴える岩木を牽制《けんせい》する。彼女は袋を机に戻すと、不満そうな顔で自分の机に戻っていった。

油断も隙もない。

けれど、羽村もどうかしている。

机の端には、それらしき袋がいくつも転がっていた。らしくない。机が散らかっているのも、お宝を開封もせずに放り出しているのも。

顔つきは変わらないが、溜め息が増えていると気がついたのはいつからだろう。俯いて息を吐く回数が多くなった。

羽村が塞ぎ込んでいる。

自分のせいなんだろうか。それとも何か悩みでもできたのか。まともに話もしてもらえないから判らない。

約束の金曜日だけが希望に変わる。姑息でもなんでもいい。次第にそんな風に考えるようにさえなっていた。


いくらなんでも少人数すぎるだろ。

それを思ったのは金曜の夜、約束の夜だった。

久條はコンパをセッティングしてくれた彼女を恨んだ。場所は確認しても、人数は確認しなかった自分を呪った。

転勤してこちらに来たばかりの久條に、知人は少ない。思い当たって声をかけたのは大学時代の友人、池野《いけの》遼子《りょうこ》だった。

『任せてちょうだい』

彼女は二つ返事だった。卒業と同時に就職で上京した彼女は、交友関係も行動範囲も広い。人集めは任せても店ぐらいは自分で、のつもりが、『美味しい店なんて知らないでしょ』とあっさり却下された。

自他共に認める社交家。妙にはりきっているから、友人知人の五人や六人は最低でも連れてくるものと信じていた。

「だってこの店、大人数じゃ入り辛《づら》いのよ」

古い民家としか見えない店に、道を誤《あや》まったのかと思った。ばったり店先で彼女と会わなければ、回れ右で帰るところだった。

「随分古い店だな」

「レトロと言ってよ。去年オープンしたばかりの店よ」

店構えに拘《こだわ》りはない。ただ、小ぢんまりした店は当然座席数も少ない。小さなテーブルを囲む人数が四人だと判ったときには、久條は任せきりのセッティングを後悔した。

「羽村さん？　はじめまして、池野です。彼女は江田《えだ》さん。江田成美《なるみ》さんです。成美、よさそうな方でよかったね」

遼子の隣で、おとなしそうなストレートのロングヘアの彼女が頬を染めてはにかむ。

これじゃ見合いだ。『いい人がいたら紹介してね』だ。こんな風に親密にお友達を紹介されては、特に理由でもないかぎり交際を始めるしかないだろう。

焦る久條は少し苛々《いらいら》とテーブルにつき、乾杯の生ビールをジョッキの半分ほど一気に空けたところで、考え直した。

これでいいのかもしれない。

小柄で可愛いし、優しそうな女性だ。羽村が憧れた下井とは違ったタイプだが、自分よりは遥かにいいだろう。そう、野郎の自分に迫られるよりはいいに決まってる。冷やかしのようなコンパじゃ、来てくれた彼女にも、呼んでくれた池野にだって申し訳ない。

諦めだか偽善だか判らない理由を並べる。

けれど、物分かりのいい振りをしようと、気持ちまでもはそう易々《やすやす》と右から左へ移動してはくれなかった。

些細《ささい》なことで平常心は崩れる。

「壁に耳ありクロードチアリ」

食事も進んだ頃だ。大皿のパスタを器用に取り分けながら、遼子が言った。

「…どこのオヤジも同じね。うちの部長なんて、今のがお得意のギャグの一つよ。何十年前のギャグだか知らないけど、クロードチアリって誰よって感じ。思わずネットで検索しちゃった。ね、成美？」

「あ、うん」

遼子の隣で彼女は相槌《あいづち》を打つ。

続いて彼女の向かいで羽村が笑った。

羽村の隣で久條は目を瞠《みは》り——女性二人は耳を塞いだ。

キイキイ。反射的に身を引いてしまうような例の笑い声を、男は立てた。喩《たと》えるなら魚、あるいはコウモリ、この世のものとも思えない超音波声に隣のテーブルの客までもが視線を向ける。

人前で笑い出した羽村に驚いた。

「羽村さん！」

「あ、ごめ……あははは」

少しずつ教えた笑いに変わっていく。

吐いて、吐いて、タイミングを狙《ねら》って吸って。ぎこちない息遣いの笑い声はやっぱり不自然だったけれど、超音波よりはマシだ。

「あー、びっくりした。そんなに可笑しかった？　そうよね、今時あり得ないオヤジギャグよね」

そうだろうか。

疑わしい。笑いのツボに関しては前科者の羽村だ。失笑の類《たぐい》ではなく、ギャグそのものに大ウケしたんじゃないかと怪しまずにいられない。

羽村はまだ笑っていた。

声はもう発していないけれど判る。狭いテーブルに密接した椅子。揺れる隣の薄い肩は、振動になって伝わってくる。

「あら、羽村さんって八重歯があるのね。見て見て、成美。羽村さんの八重歯、可愛いの！」

「あ、ホントですね」

「あ…いや、えっと…」

羽村が俯いた。

今度は感じ取ったんじゃない。隣を見やれば、色づいた頬の横顔が俯いていくのが視界に飛び込んできた。

照れるぐらいなら笑わなきゃいいのに。

だいたい、いつからそんな安い笑いになったんだ。

やけに刺々《とげとげ》しい感情が湧《わ》き起こる。

子供じみた拗《す》ねた感情が芽生《めば》える。

そういえば小学生のとき、いつも一緒に帰りたがる女の子がいた。ある日ほかにも家の近いクラスメイトがいるのに気がつき、三人で帰ろうと提案した。人数は一人でも多いほうが楽しい。女の子も喜ぶと信じていた。

結果、久條は女の子に泣かれた。

どうしてか判らなくてオロオロしていたら、ますます大声で泣き始めた女の子にひっぱたかれた。痛いオマケだった。

二十五にもなって、ようやくあの子の気持ちが判った気がする。

無視したくせに。店に向かう間も憂鬱《ゆううつ》そうな顔をして、話しかけても上の空だったくせに。

何もこんな風に容易《たやす》く、自分以外に笑顔を振舞わなくてもいいじゃないか。

この感情は、あの女の子と同じ。

嫉妬だ。

「久條くん、どうしたの？　アンチョビ駄目だった？」

渋《しぶ》っ面《つら》で薄いピザを噛み締めている久條に、遼子の視線が向く。

マズイ。スマイル、スマイル。

何でも反射的に笑顔で繕《つくろ》ってしまうのは、営業職ゆえの職業病か。

「好き嫌い多かったもんね、昔から」

「久條くん、そう…なのか？　知らなかったよ、なんでも食べるみたいだったから。大学の同級生だって言ってたけど…どこの大学？　理系だよな？」

「俺のことはどうでもいいでしょう」

ぴしゃりと言い放った。今更調子よく話しかけられても困る。八つ当たりも絶対にないとは言い切れないが、羽村がこの場で話題を振るべきなのは自分ではなく、向かいの席で身の置き所なさそうにしている彼女だ。

「そういえば池野、知ってるか？　幸平《こうへい》がまた転職したらしいよ。こないだ電話がかかってきた」

「え…こ、幸平が？」

少し面食らってる風な遼子に話を振る。知った名前の話題に遼子は乗ってきた。

同級生の近況を話し合ううち、狭いテーブルの真ん中にラインができる。

目には見えない壁。

羽村はもう話しかけてはこなかった。


断ればいいのにそうしなかった。

一度は約束したから。

約束。それにしがみついているのは久條ではなく、自分の方だと気がついたのは、待ち合わせの店に向かうため地下鉄に揺られたときだった。

夕方のラッシュアワーで混んでいた。ガチャガチャのカプセルみたく押し込まれた車両で、羽村は男を見上げ続けたのを覚えている。

会社の外で会うのは今日が最後なんだろうか。

そう考えた瞬間に、『約束』は守らねばならないものではなく、救いだったのだと気がついた。

どうして日に日に気分が沈むのか。

約束の日は終わりの日だからだ。

変に意識したりしなければ、いい関係を保てたのかもしれない。

でもいい関係ってなんだろう。別に久條と友達になりたいわけじゃない。

そもそも友達とはなんなのか。

一度も持ったことがないから判らない。一緒に遊びに出かけたり、困ったときには助け合ったりするものだとは知っている。では、何もないときはどうなのだろう。遊びには行かずに部屋で過ごす日、特に悩みも持ち合わせていないとき。友人とどうやって時間を過ごすのだろう。

場合によっては、暇つぶしにキスもするのだろうか。

あのキスのようなのは、そういう種類のものだったのかもしれない。

なのに、自分は——

あの恐ろしい感覚が戻ってくるような気がして、羽村は手のひらで口元を押さえた。

「気分悪いんでしょう？　吐きそうですか？」

途端に隣を歩く男が声をかけてくる。

心配げな声音だった。

「飲みすぎです」

「喉が渇いてたんだ」

「喋ってもないのに？」

男が溜め息をつく。駅で別れた彼女たちのことを考えているに違いない。

ろくに話もできなかった。当然親しくなったりはできず、他人行儀なまま別れた。

喋れなかったのだ。喉の奥に何かがつかえたみたいになって、言葉が出なくなった。

笑ったら、久條が咎《とが》める眼差しで自分を見た。隣に座っているのに、まるで皿の食べ物を分けるみたいに、こっちとそっち。話しかけてはいけないと久條は拒絶した。喉から胸の辺りにかけてどんより重いものが纏わりつくようになり、羽村は笑うどころか声も出なくなった。

酒を飲んだ。どうにか胸の違和感を押し流そうと、次から次へ注文した酒を流し込んだ。途中から視界がぼんやりし始めたけれど、やめなかった。当然、帰り際には強烈な酩酊感《めいていかん》が襲っていた。

「ダメですよ。ああいう感じの人見知りな子にはこっちから積極的に話しかけてあげないと…」

「誰にでも合わせせられる君とは違うよ」

肩を貸そうと伸ばされた腕を振り払う。

「どこまでついて来るんだ、君は」

十時頃店を出た。方角の同じ電車に久條と乗り込んだところまでは覚えている。二駅も乗れば、久條は乗り換えに席を立つはずだった。

自分が寝入りさえしなければ。

『着きましたよ』

揺すられて自分が寝込んでしまっていたことに気がついた。視界が九十度に歪《ゆが》んでいると思ったら、酔いのせいではなく、完全に隣の男の肩に頭を預けきっていたからだった。

久條の降りるはずの駅からは八つも過ぎていた。男は改札を一緒に抜け、帰路につく自分にずっとついて歩いた。

「心配だから。家まで送ったら帰りますよ」

とうに駅前を離れ、深夜の通りには人影もほとんどない。家まではまだ少し距離がある。

「俺を送るぐらいなら、女の子を送ってあげたらよかっただろう」

「電車の中で泥酔するほど飲んでるのはアンタぐらいです」

「そうじゃなきゃこんな面倒な目には遭わずにすんだって？　そうだな、そうだよな、君は誰にでも優しいから、隣で寝込まれたら放ってはおけないんだ」

「…絡んでるんですか？」

男が少し間を置き、顔を覗き込むように自分を窺ってくる。煩《わずら》わしい。歩調を速めようとすると、まだ少しふらつく足が縺《もつ》れそうになり、ますます苛立たしい。

たぶん図星だからだ。自分は久條に無闇に突っかかっている。

「羽村さん、俺は優しくなんかないって…薄情もんだってこないだ言ったでしょ？」

「どうかな。あの背の高いほうの、池なんとか…池野さんにだって優しくしてたじゃないか。たくさん話してた。学生時代の友人って言ってたけど、仲がいいんだね」

「仲…そんなにいいほうじゃなかったですよ。池野は学生時代は友達の彼女だったんです。で、なんとなくグループづきあいに…あんなの、ただ思い出話してただけでしょ。友達同士の会話です」

「どうせ俺は友人との会話なんか知らないよ」

口が滑った。言ってからなんとなく余計なことを口にしたと思った。

「なんか…まるで嫉妬みたいですね」

嫉妬。

このもやもやしたものは、『嫉妬』と呼ばれているものなんだろうか。

形がないから確かめられない。

摑めないから追い払えない。

「…あの子ともキスするのか」

滑り出した口は止まらなかった。

「え…？」

「さっきの。さっきの彼女とするのか？」

「はぁ…？」

「キスじゃないなら、キスみたいのだよ。しただろ、こないだ俺に！　アレをするのかって聞いてるんだ」

苛々する。羽村は立ち止まりかけて逆に精一杯の急ぎ足になる。

頭を掻いた。整髪料で固めていた髪が解け、指と一緒に夜風が通る。心地いいのに不愉快で、気持ちと体がバラバラになりそうだ。

「なんで俺が彼女とキスしなきゃならないんです。そんな気ありませんよ」

「じゃあ、『した』のか」

「俺の話聞いてます？　過去にもしません。友達の彼女だったって言ったでしょう？」

男が溜め息をつくのが聞こえた。手に負えないと、愚か者だと言われているようで、頭がカッとなった。

「羽村さん、なんで嫉妬すんの？　判らない。だって…だったら、なんで俺を無視したりするんです？　俺がこの半月どんなに…」

羽村はその言葉に応えなかった。陸橋《りっきょう》を渡れば家はすぐそこだ。急カーブした道を曲がり、陸橋への階段を数段上った。

「羽村さん！」

久條が鋭い声で自分を呼んだ。

なおも返事をしないでいると、腕を引っ摑まれた。引き寄せられ、ぐらりと体が傾《かし》ぐ。数段分だけ高くなった視界から、羽村は男の下へ引き寄せられた。

捉えられる。抱きつき、抱きとめるような格好で互いの体は絡んだ。驚いて見ようとした男の顔は、羽村の視界を一瞬の間に塞ぐ。

唇に久條の体温を感じた。

「や…」

人の肌の温かさとか柔らかさ。

「やめ…ろっ…」

自分を捉える男の腕の強さとか、息遣い。

ゆっくり押し当てられた唇とともに、微かな息が唇を撫でた。

「好きです」

「……あ…」

「俺、どうもアンタが好きみたいです。羽村さんは？　俺は恋愛対象になりますか？」

言葉に——言葉に力があると知ったのは今かもしれない。

すべての言葉に意味はあるけれど、こんな風に体の中に入り込む力があるなんて知らなかった。

酒でも洗い流せはしなかった胸のもやもやに、言葉の手がするりと入り込む。

「…やめてくれ。君は俺がっ…俺が変だから面白がってるだけだ。珍しいから、近づいてみたくなっただけなんだ」

「きっかけはそうだったかもしれませんけどね。興味を持ったのは、確かに高尚《こうしょう》な理由なんかじゃなかった」

「…やっぱりそうなんじゃないか」

「言ったでしょ、俺は特別に誠実でいい男なんかじゃありません。普通の男じゃ駄目ですか？」

普通ってなんだろう。

とりあえず、この手が嫌じゃないから困る。

背中に回された手。しっかり握り締めていないと、気が緩んでブリーフケースを落としてしまいそうになる。

駄目だ。流されては駄目だ。そう繰り返しながら、再び口づける。半ば自分から。

捕まえているのは自分の方だ。

そう感じていた。

触れ合うだけじゃ物足りなくなり、唇を押しつけ合う。深く、深く。どこまでも、溺《おぼ》れていけるところまで――

泳ぎ入ろうとする舌先がそれに触れ、羽村は我に返った。


やっと捕まえた。

そう思っていた。

空から降ってきたように、自分に預けられた身の重さが心地よかった。

なのにまた。まただ。なんで逃げられるんだ。

踵《きびす》を返し、階段を駆け上がっていく羽村を追いかける。嫌われているとは思えなかった。それとも、こういうのが思い込みの激しい男の思考なんだろうか。自分は羽村に迷惑がられている現実から目を逸《そ》らし、勝手に好かれていると信じ込もうとしているのか。

「羽村さん！」

あらん限りの声で叫ぶ。

陸橋に辿り着いたところで、二人乗りの自転車と擦《す》れ違《ちが》った。若い男女に怪訝《けげん》そうに振り返られたが、羽村を追いかけるのはやめなかった。

目の前のスーツの背中だけを見ていた。

職場の上司で、同じ男。この際年はどうでもいいのだろうが、自分はまだ二十五歳で…孫を楽しみにする母親はいないが長男で、いくらなんでも男はまずいに決まっている。最近血圧で健康診断が再検査になったという親父は、卒倒《そっとう》したりしないだろうかとか。

どんな理由も、とりあえずはどうでもよくなる。

『柾己って、恋愛できない人でしょ』

小山美鈴に別れ際に残された言葉の意味がようやく判った。

あぁ、これが恋か。恋なのか。

だとすれば、自分は夢どころか恋も知らないまま大人になったのかもしれない。

「羽村さんっ、待ってください!!」

逃げる男を夢中になって追いかけた。滑稽《こっけい》でもいい。高揚《こうよう》した気分は、走る間も、男を摑まえてからも続いた。

腕を取ろうとして振り払われた。

仕方なくスーツの背中を摑んだ。

「羽村さん！」

腰の辺りを摑まれた男は身を捩《よじ》る。

「放せよ！」

大きく振り回された腕の先で、重いブリーフケースが空を切った。遠心力を伴い、久條を打ちつける。咄嗟《とっさ》に目を閉じた。首元目掛けてぶつかってきた鞄《かばん》を左腕で庇《かば》う。

目を開いた先に、久條はあり得ない光景を見た。

「ひ…っ…」

短い悲鳴を上げ、羽村が仰《の》け反《ぞ》る。

手を伸ばしても間に合わなかった。

届かない。羽村の体は背中から手摺《てすり》を越えた。手摺の向こうに躍り出してしまえば、後は瞬《また》くような速さだった。

男の姿は陸橋から消えた。

凪《な》いだ陸橋の上に、静寂が訪れる。手摺の向こうには夜の闇が広がり、遠い車道の明かり、住宅の明かりだけが小さく浮かんでいる。

今まで羽村がいたはずの視界に目線を彷徨わせ、久條は身を強張《こわば》らせていた。長い間に感じたが、たぶん一瞬だったに違いない。

我を取り戻し、久條は叫んだ。

「は…羽村さんっ!!」

大声を上げた。弾かれたように手摺に飛びつき、身を乗り出す。覗き込んだ下は、数本の線路と荒れ果てた線路沿いの国有地が広がっていた。

暗くて何も見えない。名を叫びながらそう思ったのは少しの間で、目を凝《こ》らすと月明かりにぼんやり照らされる羽村のスーツの色が見えた。

久條は走った。元来た道を走り抜け、階段を駆け降り、陸橋の下へと続く柵を乗り越えた。フェンスを越えるのは簡単だった。

幸い電車が来る気配はない。落ちた位置も線路から離れている。陸橋からの高さは八メートルはあろうか…羽村の姿は、堆《うずたか》く積まれた家電製品やタイヤの山の中ほどにあった。不法投棄《ふほうとうき》か。

そんなことはどうでもよかった。むしろクッションになってくれていればいい。

「羽村さんっ、大丈夫ですか!?」

骨の一本や二本は折れているかもしれない。頭は真っ白でほとんど何も考えられてはいなかったが、けして楽観的に走ってきたわけではなかった。

「久…條くん」

だらりと逆立ちをするようにして体を反らし、男はこちらを見つめる。落ちた衝撃ですっとんだらしく、眼鏡がなくなっていた。のろのろと起き上がろうとする姿に安堵を覚える。何度も邪魔臭《じゃまくさ》そうに体の上を払う羽村の手の動きに、何か乗っかっているのかと思った。

月の明るい晩だった。

羽村の上の細長く鈍い輝きは、月明かりに白く雲の棚引《たなび》く夜空を差していた。

手を伸ばしかけ、久條はびくりと肩を揺らした。家電の山を登る足は止まった。声も出ない。斜《なな》めに聳《そび》え、鈍く光るそれの正体は、羽村の腹の辺りから伸びた鉄パイプだった。

「久條くん、これ…邪魔で起き上がれない」

なんの悪夢かと思った。

こんなことが、現実に起こっていいはずがない。こんなことは、映画か特別なニュースでしか起こり得ない――

「なぁ、く…じょうくん、これ杭《くい》か？」

呆然としている久條に羽村は何度か尋ねてきた。その声は比較的しっかりとしていた。

「ただの鉄…パイプだよな」

応えない久條に焦《じ》れたように男は呟く。銀色の棒に羽村の両手がかかり、久條は初めて男の意図するところが読めた。

一気に頭が覚醒《かくせい》した。

駄目だ。そんなことは絶対に駄目だ。

「羽村さん！　駄目だ、何やってんですっ！　抜いちゃ駄目だ、それを抜くんじゃないっ」

体を貫《つらぬ》く鉄パイプが、そのまま止血の役目を果たしているのは、医学に詳しくない久條にも明らかだった。それを男は躊躇いもなく引き抜く。久條の制止を振り切り、パイプを動かす。

パイプはもう体にそれほど残っていなかった。抜けるのはあっけなかった。

ずるり。銀色の固まりが羽村を解放する瞬間、久條はなりふり構わずその体に飛びついた。

取《と》り縋《すが》り、両手で塞いだ。手のひらの下に感じる生暖かな感触。噴き出すであろう血液をどうにか一時でも長く押さえ込もうと必死になった。

がらがらと音を立て、先の赤く染まった鉄パイプが廃棄物の山を転がり落ちていく。

「…久條くん、それ放して」

気でも狂ったのか。淡々とした声で告げる羽村の言葉に耳を疑う。

信じられない。羽村の言葉も、この目の前の現実も、手の裏の感触も。

久條は震えた。ぶるぶると訳の判らぬ恐れに体を震わせながら、羽村の腹に両手を押しつけ続けた。

「放して、大丈夫だから」

「……嫌だ」

「久條くん…」

「放したら…アンタ死ぬ」

羽村が死ぬかもしれない。そうだ、この震えは怯えているからだ。

「俺…小さいとき、野犬に噛まれたことがあるんだ。こないだ思い出した」

「喋らないでください、傷…傷がっ。羽村さん、俺の上着のポケットから電話取ってください。携帯電話…」

羽村は久條の言葉を無視した。

のんびりとした口調で、ふと記憶でも揺り起こされたように語った。

「真っ黒ですごく大きな犬だった。子供だったから大きく見えたのかもしれないけど、人の背丈ほどもあった気がする」

「右のポケットです。羽村さん、取って。それで電話するんだ、救急車…呼ぶんです、早く！早く取るんだ！」

「山ん中だった。アレ、どこだったのかなぁ…あれが俺が捨てられたときの記憶なのかな。逃げたけど、あっという間に追いつかれて…噛まれたんだ腹のとこ」

「羽村さん、お願いだ！　頼むから…っ…」

苦しいのはまるで久條のほうだった。

「すごい力だった。熱くて…腹が裂けたのが判った。それから…こんな風にね、俺は必死で傷口を塞いだんだ。でもいつまでもそうしてはいられなくなって…」

羽村の手が、久條の両手の上に添えられた。

月夜に映るその手は、普段より一層白く見えた。優しく包むように添えられた手は、すうっと熱を奪い取っていくような不思議な冷たさだった。けして不快ではない。

絡んだ指に引き剝がされる間も、まるでそれが自ら望んでいたことであるかのように、久條に抵抗する気は起きなかった。

息を飲む。目の前の奇跡に、久條の口から言葉は発せられなかった。

羽村のスーツの脇腹の辺りに、ぽっかりと覗いた赤い穴。まるで静かに色をたたえる湖のようだった。やがて赤い湖は微かに波立ち、引いていく潮《しお》のように色をなくした。

消滅した湖の後には、白いものが顔を覗かせていた。破れた服の向こうに見えるそれに、久條は恐る恐る触れてみた。

柔らかい。

それは傷の癒《い》えた羽村の肌だった。

羽村はぽつりと言った。

「ごめんな、やっぱり俺…普通じゃなかったんだ」

「これは肩甲骨《けんこうこつ》です。大丈夫、何も飛び出ちゃいませんよ」

羽村の家だった。混乱したまま別れ、一人家に帰る気にはなれなかった。

羽村だってそれは同じだろう。ついて歩く自分を追い払ったりはせず、部屋にも黙って招き入れてくれた。

掠《かす》り傷一つない羽村の体を、久條は信じられない思いで見つめる。

生死を分けるほどの怪我が、目の前でタイム風呂敷でもかけられたかのように治癒していくのを目撃したのだから、もちろん認めてはいる。しかし、認めるのと納得するのはまた別だ。

傷どころか染み一つない背中。丘を作る肩甲骨に、真っ直ぐに伸びた背骨。皮膚に包まれたものを確かめるように撫で下ろし、久條は呟いた。

「…綺麗だ」

口にしてからハッとなる。

羽村は綿シャツを羽織《はお》る。曝《さら》け出《だ》した上半身を隠し、急いで服を整える男に久條は焦った。

他意はなかった。

――たぶん。

「あ、違います。綺麗なもんだって意味で…」

何を言い訳してるんだか。しかも、言い直しても意味は特に変わってない。

向き合って座ると、二人は沈黙した。

大の大人の男がきっちり正面から向き合い、カーペットの上で正座している光景は滑稽だ。けれど、当人はなかなかそれには気づけない。

羽村が着ていた服は半ばボロ布だった。無傷の体に反し、服だけが凄惨な状況であればあるほど、今夜の出来事が夢ではないのだと思い知らされる。

口数の少なくなった男。けして落ち着いているのとも違う、何もかもを諦めた風な表情。夜道をふらりふらりと糸にでも引かれるように歩く羽村は、久條が強引にスーツの上着を着せかけるまで、異様な格好で歩いていることも繕う気がないようだった。

羽村はいつから自分がやはり人とは違うと考え直したのか。怪我をした瞬間か、それともずっと前——

「念のために病院に行きますか？」

「行ってどうするんだ。さっきまで腹に鉄パイプが刺さってたんですけど、ちゃんと完治してますかねって言うのか？」

「羽村さん…」

「もういいよ、帰ってくれ。判っただろう、俺はやっぱり普通じゃないんだよ！」

声を荒らげる羽村は珍しい。まるで堰《せき》が切れたように感情的になる。

久條は落ち着かせるべく言った。

「普通じゃないのは最初から知ってますよ。八重歯見せたくないからって笑わなくて、そのくせ変なところで笑い上戸だったり、いい年してオマケ集めが趣味なとことかも…」

「からかわないでくれ。そんなもの変でもなんでもない！　俺はっ…」

「もういいじゃないですか」

どうしたって殻《から》を被ろうとする男がもどかしい。

もう判ってしまってる。羽村も自分に好意を寄せてくれていると知っている。羽村の生い立ちは謎でも、一番知りたかったことは判ったからそれでいい。驚きがすぎて思考を放棄したのかもしれないが、それならそれでもいい。

「いいじゃないですか、吸血鬼でも狼男でも。俺は構いやしませんよ。何か支障がありますか？　変な研究機関が追っかけてくるわけでも、動物園に入れられるわけでもなし」

「入れられるかもしれない」

「どうしても特別な存在でいたいんですか？　ちょっと人より丈夫な男、それでいいでしょ？」

久條は苦笑した。頑《かたく》なな男が可笑しいのではなく、自分が可笑しかった。

これではまるで以前と立場が逆だ。

不死身の羽村より、目の前の非現実的すぎる現実を、あっさり受け入れてしまえる自分が不思議だった。

異端。奇跡。創造主への反乱。

なんでもいい。

俯いた男の肩を摑む。そっと身を寄せ、覗き込むために首を傾ける。脅《おど》かさないようにしたつもりが、唇が触れる寸前で男は顔を背《そむ》けた。

「やめてくれ、俺に触るな」

「どうして？」

本当に疑問だった。

真意を知りたかった。

羽村の頭は動かない。旋毛《つむじ》を向けたままの頭を、やや強引に仰向かせる。唇を目にすると無意識にも触れずには居《お》れなかった。

指先で触れると、やはり男の唇は冷たく感じられた。

「なんで、キス嫌いじゃないでしょ？」

「…嫌いだ」

「…嘘だ。こないだもさっきも、最初は嫌がらなかった。なんでです？　気持ちよくなれなかった？　男だから？　俺が野郎だから抵抗がある？」

あると言われたら、仕方ないかもしれない。正直、自分だって変だ。どうして少しの嫌悪感すら感じないのか。今までの自分のノーマルな性向は、もしや欺瞞《ぎまん》だったのではないかとさえ思えてくる。

「俺はイヤ？」

祈るような気持ちで羽村を見つめた。たとえ指の腹でも、一度触れたら放し難い。久條はゆるゆると羽村の唇を撫ぜた。

いつもより色がない。引き結んだ唇の合わせ目を爪先《つめさき》でなぞると、伏せた男の目蓋《まぶた》が揺れた。

「…嫌だ」

「何故？」

柔らかい。首を傾げようとして感じた。羽村の骨ばった手が自分の右手を包み、指の先を柔らかな弾力のものが押し返す。羽村は何度も口づけてきた。親指、人差し指、中指。順に口づけ、そしてまた親指へと戻っていく。

どうして指ならそんなキスを寄越《よこ》すのか。

やがて恍惚《こうこつ》としか呼べない表情で、男はちろりと舌先を覗かせた。赤い舌で久條を舐《な》めた。

「…っ…」

本能にズシンときた。

これで誘ってないというなら詐欺《さぎ》だ。

じっとしているのも困難になり、再び両肩を摑んだ。思う様に求めるつもりがやんわり押し戻される。唇は行き場をなくし、仕方なく額に押しつけた。

額にキスをするのはいつ以来だろう。もしかしたら一度も誰にもしたことがないかもしれない。少なくとも、された記憶は幼児まで遡《さかのぼ》らなければならない。額へのキスは、なんだか気恥ずかしい。

何度も強く押しつける。応えのない額ではすぐに物足りなくなり、目蓋に口づけた。眼鏡のない羽村の顔は、笑わずとも少し年齢を逆行して見えた。眦《まなじり》に、頬に、骨ばった緩やかなカーブを辿り…どさくさに紛《まぎ》れて唇に触れようとした。

「…駄目だ」

譲らない羽村の声に、なんだか泣きそうな気分で『好きだ』と返す。

こんな切ない気分は初めてだ。

「好きです」

聞こえていなかったらいけないと、念を押す。

額を押し合わせ、互いの睫が触れ合いそうな距離で囁く。近くて遠い。見下ろせばすぐそこの唇を見つめながら、羽村に触れた。

「くじょ…っ…」

合わさったばかりのシャツのボタンを外し、肌蹴《はだけ》た胸を探る。二つあるスイッチを、押したり引っ張ったりして膨らませた。少しばかり大きくなったところで、それは小さいことには変わりなかったが、羽村の体がひくひくと波打つから満足だった。

羽村は抵抗しない。キスさえしなければ、嫌がらない。嬉しいのかそうでないのか判らない状況。

探求するにつれ、羽村の息が揺れる。

いつの間にか静かになっていると思ったら、男は両手で口元を覆《おお》っていた。息を止めんばかりの力に、指が白くなっている。

「窒息《ちっそく》しちゃいますよ」

首を振る。苦しそうにしてるから手を外そうとすると、羽村に抵抗された。

「駄目だ。ダメ…」

「なんで?」

「…ん…っ…」

「どうして?」

「やめ…っ…」

賄賂《わいろ》は体に贈る。賄賂といっても、自分がしたいことをするのだからちっとも苦じゃない。

そろりと床に転がした体を、久條は慈《いつく》しんだ。やけに小さな耳朶《じだ》に悪戯《いたずら》し、宥《なだ》めすかしながら両手を引き剝がした。

長い間口に押し当てられていた手のひらは、吐息にじっとりと濡れていた。さっきまでは白かった唇は赤く色づき、両端は捲れ上がっていた。白い輝きが久條を驚かせる。陶器のような滑《なめ》らかさで羽村の口に伸びたそれは、今まで久條が目にした物とは違った。

上手く唇が閉じられないほど大きく育った犬歯《けんし》。それはもう牙としか呼べないものだ。

あんなびっくりショーを見せつけられても、まだ半信半疑でいた自分に気がつく。改めて驚いた。羽村はたぶん本当に人から離れた存在なのだ。

恐くはなかった。別に忌《い》まわしくもないが、ただ不釣合いに大きく、羽村の顔立ちを損なうようなそれは痛ましく見えた。

縋る目で自分を見上げる羽村の眸《ひとみ》から、ぼろりと涙が零《こぼ》れる。暴《あば》いた秘密は醜《みにく》く、同時に美しくも映った。持て余すそれを見られることに羞恥《しゅうち》を覚えるのか、眸が絶えず揺れる。隠し切れずに泣く男が愛《いと》しい。可愛い。あとで伝えたなら羽村は気を悪くするだろうか。

「や…触る、んじゃな…っ…」

腫《は》れものみたく大きく育った犬歯に触れようとすると、激しい抵抗を受けた。

歯先を指で撫でれば、体の下で羽村が波打つ。背筋を震わせ上がる声。艶を帯び、拒絶する一方で自分を『おいで』と誘う。

息が荒い。高熱に喘《あえ》ぐような短い息を繰り返す羽村の目は、蕩《とろ》け出しそうに潤《うる》み、何かを欲していた。

久條はようやく『何か』に思い当たり、言葉にした。

「いいですよ、俺に嚙みついても」

理由が判った。口づけを嫌がる理由、興奮の源。まるで生殖器のように敏感なそれは、煽《あお》られれば餓《う》えを満たそうと暴れ始める。

構わないと思った。

もしもこれが何か催眠の一種だというのなら、確かに自分は羽村に操られ、魅入られているのかもしれない。困ったことに、目を覚ましたいとも感じない。

「最近献血もしてないし、ちょうどいいや。煙草はだいぶ前に止《や》めてるし、そんなに悪い血じゃないと思うな」

わざとおどけて見せた。

無造作にタイを解き、シャツの襟口《えりぐち》を開く。左右に首を振っている男の両手を取り、一気に引き起こした。

「ほら。右でも左でも、お好きな方に」

肌蹴た首筋に、羽村の頭を押しつける。考えていた以上に細く頼りない両腕を、自分の首に絡ませる。もがいた体は、抱き寄せればそう待たずに静かになった。

羽村の重みを肩の辺りに感じる。

天井の丸いライトをなんとなく見上げていると、やがてそれが襲った。

「い……っ……」

さすがに身が竦んだ。

どうにか声だけは上げずにすんだ。痛みは注射器の類の比じゃない。やはり献血のほうが楽かもしれないなんて、ぼんやり考える。

しがみつくみたいに取りついている羽村の髪を撫でてみた。髪は指通りがいい。仄《ほの》かに感じる甘い匂いは、整髪料の匂いなのか、吸血鬼特有のフェロモンか何かなのか。久條には知る術《すべ》もなかった。

このまま身を任せ、羽村はちゃんと加減をしてくれるんだろうか。干からびて死ぬのは嫌だが、甘美な気分に満たされ、苦痛がないならまぁそれでもいい——あぁ、今の考え、完全に洗脳されてる。俺、死ぬなぁ。たぶん。

——などとあれこれ思い浮かべていたら、羽村が尋ねてきた。

「ふ…深く刺さらない。どうやったらいいんだ？」

予想外の展開だった。

「そ…んなこと言われても。こうがぶっと…一思いに噛みつくとか？」

「で、できない」

一際羽村の呼吸が荒くなる。

「あ、…つい。熱い、熱い」

苦しげな息遣い。合間の呟きはうわ言のようだった。絶え入る寸前のような片息《かたいき》に、死ぬのは羽村じゃないかとさえ思う。首筋を滑る尖った牙を感じた。闇雲に歯先は滑り、ところ構わず突き立てられる。肌を穿孔《せんこう》する痛みが次々と襲った。微かに鉄の匂いが鼻を突く。羽村を満足させられていないところをみると、血は滲んだ程度なのだろうが、リラックスしていられる状態ではない。

「痛っ…羽村さん、さすがに痛いような…」

「すまな…い」

ヘタクソらしい。教えてやりたいところだが、生憎《あいにく》ノーマルなセックスしか経験はないし、噛みつき方なんてレクチャーしようがない。

不器用さは微笑ましいと同時に、大きな問題を生み出す。

本当は痛いなんてものではなかった。

映画のアレは嘘っぱちだったのか。吸血行為の最中、たしか老若男女うっとり身を任せきっていたのは、フィクションの便宜上の演出か。

「久條くん…頸動脈《けいどうみゃく》ってどこかな？」

もう笑うしかない。

「たぶん、この辺です。っていうか、なんとなく判るもんじゃないんですか？　ほら、ダウジングじゃないけど」

本能的に場所を嗅《か》ぎ分《わ》けられるとか、そういうものではないのか。

「ダウジング…」

二つの牙が首筋を滑る。不覚にもぞくりときた。けれど、ダウジングを真に受け、歯先で水脈ならぬ血管探しをしているのかと思うと、どうしたって不安が先立つ。恐れじゃない、心配からだ。

やがて肩の辺りに湿った感触を覚えた。

血液ではなかった。羽村の涙だ。上手くいかずに子供のように泣き出してしまった男に、苦笑する。

途方に暮れる男を抱きしめた。

「泣かないでください」

吸血への欲求は、羽村の意識を蝕《むしば》んでいるとしか思えない。これほど無防備な羽村を久條は知らず、また目にする機会があるとも考えていなかった。開いた目蓋の縁から、ぽろぽろと涙は零れていた。

もしこれが自分を虜《とりこ》にする手管《てくだ》だと言うのなら、それだけでも大した能力だ。

吸い寄せられるようにして口づけを施《ほどこ》した。盛り上がり、飛び出した牙の形を舌先で辿った。

「これ、熱いんですか？」

「や…やめっ…」

「ホントだ…火の固まりみたいだ。我慢できますか？　今日はこれだけでも」

確かに熱かった。唇も口腔も冷たく感じるほどなのに、二つの牙だけが熱を帯びていた。

尖った切っ先を舌で慎重に包《くる》める。吸い上げれば体が揺れる。応えてしまう自分を、羽村は知らないようだった。

「あっ、あ……な、なに…？」

苦痛とは違う何かに、呼吸が乱れ始める。

「これ…なん…だ？」

「さぁ…なんだと思います？」

久條にも判らない。ただ、羽村にとってその場所はとても『いい』らしい。

「なんかまた…大きくなった気がする」

久條の舌に包まれ、牙はまた少し存在を誇示した。

「ふ……あ、あっ…」

絡んだ腕が、蛇《へび》のようにきつく首に巻きついてくる。羽村が距離を詰めてくる。距離ったって元々密接している。それ以上縮めるには、男は久條の膝の上に乗っかるしかなかった。

自分を椅子に変えてしまった羽村を抱き留める。ウエストの辺りに熱の塊を押しつけてくるから、望みどおりに宥めることにした。羽村の特殊な欲求のすべてはまだ判らないが、とりあえずそっちなら上手く叶えてやれそうだ。

「や…なんっ…れ？」

育ちすぎた牙のせいで、呂律《ろれつ》の怪しくなった男が膝の上で身をくねらす。求めておきながら、欲しがっているものが何かも判っていない。

「一つでも欲求を叶えられたら、楽になれるかもしれないでしょ？」

多少乱暴に力で封じ込め、久條は男を愛撫した。片腕をきつく腰に巻きつけ、一方の手で羽村に触れる。服の上から中心を撫で摩れば、驚いた顔で男は久條を見る。

「吸血鬼はどんなセックスするんですか？」

たぶん知らない。年上でも会社で主任でも、羽村は知らないし、応えられない。

判っていて訊いた。

「こういうのは嫌？　気持ちよくない？」

「い…」

嫌。不自由な唇が形作ろうとする。言葉に応じるように手のひらを遠ざけかければ、羽村の目がまた泣き出しそうに揺らぐ。何か言いたそうに蠢《うごめ》いた唇は結局何も発しない。言葉にできない。

「ん…ふ…っ…」

しばらく焦らしてからファスナーを下ろした。指先を搔《か》い潜《くぐ》らせれば、向こうから触れてきたものに、指先がしとどに濡れる。衣服の下に収まりきれなくなったそれは、甘えるみたいに久條の指に擦り寄ってきた。

「う…う、あっ…」

閉じられない唇の間から、羽村が呻く。施される愛撫に小さく首を振るう。久條は俯く男を見上げた。見上げるようにして口づけた。

乾きかけた牙を舐めとき、雫《しずく》を零す男を導く。

「あ、あっ…あぁ…っ！」

直《じか》に触れている間は、短かった。耳にしたこっちが溶けてしまいそうな甘い悲鳴を上げ、羽村が欲望を解放する。その瞬間淫《みだ》らに腰を揺すったことなど、羽村は覚えてないだろう。

これほど持たずにいられるものかと、正直驚いた。こちらが物足りなさを覚えるほど短い愛撫で飛沫《ひまつ》を散らせ、我を失ってしまえることにも。

あぁ、そうか。

羽村は誰の手も知らない。初めてなのだ。

やに下がりそうになる自分に慌てた。

自分は処女性に拘《こだわ》るようなせこい男じゃないと信じてきたが、揺らいだのを認めずにはいられなかった。なかなか…嬉しいものらしい。

しっかりと取り組ったままの羽村は、されるがままだった。寛《くつろ》げたズボンは腰の辺りでもたついていた。背中から滑り下ろした手を、欲求の赴《おもむ》くままに忍ばせても、男は無抵抗だった。

従順さに、逆に前へ進めなくなった。

「……くじょ……ごめん」

「え…？」

「シャツが、どろどろ…」

進むか、否か。葛藤《かっとう》だけで頭がいっぱいのところに羽村が言った。確かに濡れていた。羽村が解いた襟は久條のシャツの腹を濡らしていた。

だが、それだけのこと。

「クリーニング、出す。出すから…ごめんな」

真面目な顔で、おまけに泣きそうな声で言われても困る。『そんなことはどうでもいいから、さっさと突っ込ませてください』などとは到底《とうてい》言えなくなる。

「…羽村さん、それ…本当に、計算じゃないですよね？」

「けい……？」

「や、いいです。もう…」

正直なところ苦しい。

でも、それも悪くない。

こんな風に思えるのは初めてだ。

「…しょうがないから、おあいこにしときます」

「おあいこ？」

「羽村さんが未遂だから、俺も未遂で」

嚙み跡だらけの自分の首筋を、久條は指差した。

よく判らないといった表情の羽村に口づけた。

電話の鳴る音が聞こえる。

レーザープリンタが紙を吐き出す。各々《おのおの》の机の上ではパソコンが気紛れに唸《うな》り、日に何度かは壁の時計が律儀《りちぎ》に時刻を告げる。

人の声や動きを抜きにしても、オフィスは常に音がしているものだなと思う。

週明けの月曜。朝礼が終わり、午前中の営業に出る直前だった。

週毎《ごと》の予定表を書き込んでいた久條は、ふと顔を上げた。

窓際の課長のデスクの前に、引《ひ》き攣《つ》った顔の岩木由里が一人。聞こえてきたのは耳にするのも鳥肌の立つ課長のギャグだ。それも二段落ちならぬ二連発。人身御供《ひとみごくう》で聞かされている彼女には申し訳ないが、それも普段通りの光景で誰も気に止めてはいなかった。

奇っ怪な超音波が周囲の音を掻《か》き消《け》すまでは。

斜向かいの席で、羽村が笑った。

笑いを取った当人の課長は目を白黒させ、由里の配ったお茶を啜っていた部長は見事に湯飲みをひっくり返した。

営業課の島では二人が耳を塞ぎ、パソコンやプリンタは動きを止め———たりはさすがにしなかったが、何かの割れる音が辺りには響いた。

薄いガラスの割れる音だった。

羽村の笑い声に、誰もが目を剝《む》く。

久條は身を乗り出していた。

「羽村さん、むやみに笑うのは止《や》めてください。音波でガラスが割れました」

「が、ガラス？」

いくらなんでもそれはないだろう。そう言いたげな男の背後で、岩木由里が声を上げた。

「やだもう、びっくりして手が滑っちゃった！」

課長に配られるはずだった麦茶のグラスが、無残にも床で砕《くだ》け散《ち》っている。

「落ちただけじゃないか」

「羽村さんのせいには違いないでしょ」

由里が恨めしそうに見遣《みや》ってくるので、羽村は片づけを手伝い始めた。ガラスを拾い集める男の手つきがあまりにも危なっかしいから、久條も手を貸さずにはいられなくなった。

給湯室の脇の不燃物入れに、ビニール袋に収まった破片を放り込む。

そのまま何食わぬ顔で営業に出ようとする羽村を、逃さず捕まえた。

階段室に押し込む。エレベーターに乗るつもりが人気のない場所に連れ込まれ、羽村がやっと只ならぬ事態だと悟った顔を向けてくる。

「な、何？」

「無闇に人前で笑わないでください」

「変…だったか？」

「ええ、かなり」

「れ…練習するよ。ほら、君が教えてくれたとおりに…」

「無駄でしょう」

けんもほろろ。救いのない返事に、男はさすがに傷ついた表情を見せる。

くたり。哀しげに下がった柳眉《りゅうび》に、久條は自分で傷つけておきながら焦った。

「なんていうか…違うんです。いや、その通りなんだけど…あぁ、嫌だな。言わなくても判るでしょ？　ほら、つまり…」

「つまり？」

「そういうこと」

「そう…いう？」

なるほど。という顔を、むろん羽村は見せるはずもない。

急に言語障害に陥った自分を、羽村が見ている。

よくない。確かに日本男児にありがちな口下手は、もうナンセンスのご時世だ。

久條は一呼吸すると、気持ちを明かした。

「笑顔は安売りしないでくださいって意味です。俺だけが見れれば充分なんで。もちろんこれは…強制ではなく、希望です」

見事に歯が浮いた。よもや自分がこんなセリフを口にする日がくるとはだ。

先の読めなくなった人生は恐ろしい。

久條は決まりの悪さに、階段を一足先に降り始めた。外出のための荷物は鞄に詰めてきたから問題はない。

「久條くん、今の言葉の意味なんだけど…」

背後から足音が追ってくる。案外鈍いところのある男が恨めしい。

足を止め、振り返る。

「恋人の特権を主張してみたまでですよ」

やけくそ気味に言っただけのつもりが、羽村が薄く唇を開けた。ぽかんと驚いた表情を見せたのち、嬉しげに微笑んだ。

「久條くん、俺と付き合うつもりなのか？　恋人になってくれるのか？」

一夜にして表情豊かになった男に目を奪われる。久條は照れ隠しに言った。

「いけませんか？　まずは恋人は羽村さんのために増血に励《はげ》みますよ」

嫉妬に照れ隠し。自分も随分と変わったものだ。夢抱《いだ》く日もそう遠くないうちに来るだろう。

羽村との夢。どんな夢だろう。甘い夢ならいい。サンタクロースが毎年靴下に詰めてくれていた、甘い菓子のような夢だ。

「羽村さん、今日はいい一日になりそうですね」

二人はほぼ横並びに非常口から表へと出た。

秋晴れの爽やかな空。天空からは、白い太陽がビルの谷間に出ていく二人を見下ろしていた。

天国で、母は少し困った顔をしているだろうか。

久條はふと思った。

隣のヘブン

一ヵ月は長いだろうか、短いだろうか。

自転車の乗り方を覚えるには長すぎるだろうし、空中ブランコを会得《えとく》するには短すぎる。普通乗用車免許を取得《しゅとく》するのにちょうどいいぐらいか。

では、恋人の交際期間としてはどうだろう。

「久條《くじょう》くん、僕はね、焼酎《しょうちゅう》ブームの火つけ役は客より店側だったんじゃないかと思うんだ！」

男にしては細い神経質そうな指がグラスを握りしめ、空《くう》に掲《かか》げた拍子に中身を波立たせる。

居酒屋のテーブルは、料理と酒で賑《にぎ》わいを見せていた。まずは定番のビールをそれぞれ一杯。その後頼んだ焼酎の水割りは、三杯目を飲んでいるところだ。

「焼酎は親しみやすいだけじゃなく、扱いやすい。清酒《せいしゅ》みたいに冷蔵庫に入れてくれとごねたりしないし、開栓《かいせん》十日やそこらで味を落としたりしない。単価は安いし、世話は楽だし、こんな素晴らしい商品はないよ、久條くん！　久條…くん？　聞いてくれているかい？」

熱弁を振るう羽村《はむら》は、不安そうにこちらを見た。

久條柾己《まさき》はすぐさま頷く。

にっ、と笑みを添えるのも忘れなかった。

「ええ、もちろん」

恋人とデートの真っ最中、向かい合って仏頂面《ぶっちょうづら》でいるほうがおかしい。たとえそれが焼酎ごときの話であってもだ。

笑みなら自然と零《こぼ》れるもの——そのはずが、どこか作り笑顔になってしまう自分を久條は先ほどから感じていた。口の端を意識してリフトアップしなくては、すぐに憂《うれ》いのへの字に収まりそうになる。元来、始終笑顔でいるほどの愛想よしでもないから尚更《なおさら》だ。

羽村紘人《ひろひと》。その名の表すとおり男性で、年上で…一応主任で上司だったりもする男と付き合い始め、そろそろ一月《ひとつき》が経《た》とうとしていた。

これも立派な社内恋愛の一つの形か。デートはもっぱら仕事帰りの食事だ。同じ職場、同じ営業課と言っても、担当はそれぞれ違う。必ずしも同時刻に帰れるわけではなかったが、いまのところ週の半分ぐらいは夕食を共にしている。仲は睦《むつ》まじいほうだろう。

立ち寄る店は居酒屋に焼き鳥屋、酒の種類の豊富な店と決まっていた。

羽村はかなりの酒好きだ。

久條も、酒は嫌いではない。

だからなんの問題もないと言えばなく、見るからに会社帰りのサラリーマンである二人が入るには、それらの店は適している。にもかかわらず、久條は懊悩《おうのう》していた。

周囲に溶け込みすぎている。カウンターの右を見ても左を見ても、会社員風情《ふぜい》の男たち。背後のテーブル席には、女性も交えたグループ客がいるが、ロマンティックな雰囲気は店内のどこにもない。

なんと、オープンで明るく健康的な酒場なことか。

焼酎談義に花を咲かせ、今夜も飲んだくれて別れるだけになりそうな男を久條は見た。

交際一ヵ月、あの夜の未遂は未遂のまま。恋人とは名ばかりで、いい年した大人とは思えないプラトニックな交際が続いている。

増えるは、久條の憂い顔ばかり。

「ここは本当にいい店だね、久條くん。寂《さび》れた裏通りなのに、しっかり繁盛《はんじょう》してる。結構長くやってる店だろう？」

年季《ねんき》が入り、いい風合いの出たテーブルを羽村は指先で撫でた。

笑みに唇が捲《まく》れる。小さな八重歯が覗く。スーツ姿の気難しそうな男は途端に親しみやすい顔となり、久條は川で砂金でも発見したかのような気分になる。

へら、と笑うその顔はヤバイと思う。どうヤバイのかは上手く言い表せないが、『へら』なんて間抜けな言葉が思い浮かぶわりに、その微笑は妙に色っぽい。酒のせいで頬や耳朶《じだ》が赤らんでいるのもマズイ。

久條は慌てて視線を外した。

「長くやってるかどうかは知りませんけど、ナンワの森山《もりやま》課長が教えてくれたんですよ。酒の話してたら、いい店教えてやるって」

「へぇ…あの人とそんな話をするなんて、随分《ずいぶん》気に入られたんだな、君。俺もあそこの課長にはよくしてもらったけど、雑談なんてしなかったよ。ほら、無口な人だから」

ナンワは二人の勤める消防設備会社の営業先だ。羽村は感心した顔をするが、久條から見れば五十歩百歩。ついこの間まで、雑談と無縁の男だったのは羽村だって同じだ。

こうしてテーブルを挟んでいるのが不思議なくらいだ。

「羽村さん、今日はコンタクトなんですね」

もう一杯ぐらい飲むつもりなのだろう。ドリンクメニューを開く男を、久條は見る。

「あぁ、まだあんまり慣れないんだけどね」

羽村がコンタクトレンズを購入したきっかけは、一ヵ月前に遡《さかのぼ》る。きっかけも何も、眼鏡《めがね》が吹っ飛んで大破《たいは》したからだ。そりゃあ…遥か高所から落下すれば、眼鏡だって割れる。羽村は不死身でも、眼鏡は不死身じゃなかった。

羽村紘人は吸血鬼らしい。

地味な会社のこれまた地味な会社員で、趣味は食玩《しょくがん》集め。今時それはどうかと突っ込みたくなるようなオールバックに髪を固め、今でも週の半分は予備に持っていたという銀縁《ぎんぶち》眼鏡を愛用していたりするが、吸血鬼らしい。

むろん秘密だ。

話したところで、誰も信じないだろうが。

久條だって信じていなかった。奇跡の生還劇《せいかんげき》を目《ま》の当たりにするまでは。生死にかかわる大怪我を、医者要《い》らずで瞬時に治してしまったのだ。有り得ない。有り得ないが、それが起こってしまったから今日に至る。

こうしていると、普通の男にしか見えないのになぁとしみじみ思う。

どうやら注文は決まったらしく、羽村は片手を上げて店員を呼び止めた。メニューを見せられたが、久條はいらないと首を振った。もう結構飲んでいる。

二人で飲むと、羽村のほうが必ず多く飲む。

羽村はいつも喉《のど》が渇《かわ》くらしい。それも、血に餓《う》えた吸血鬼だから…だと、本人は言っている。

「久條くん、なんか濃いものばかり頼んでるね。貧血かい？」

レバニラ、レバ刺し、レバーの生姜《しょうが》煮《に》。テーブルには、いささか癖のある料理の皿が並んでいた。別に好んでやしない。これというのも、羽村を意識してそれなりに増血《ぞうけつ》に励《はげ》んでいるからだ。こんなもので本当に血が濃くなるのか、甚《はなは》だ怪しくはあるが。

「ええ、まぁ。いざというときに備《そな》えて、体力でもつけとこうと思って」

「いざという…とき？」

羽村は不思議そうに首を傾《かし》げる。

こんなことなら——あの夜、物分かりのいい振りなどするんじゃなかった。羽村が吸血行為に失敗し、久條も引き下がったあの夜…自分だって本能を理性でねじ伏せたことなど、羽村は気づいてもいない。

一ヵ月は長いだろうか、短いだろうか。

一般的な大人の男女が恋人となって結ばれるには遅い気もするが、同性同士の場合はどうだろう。片方が、吸血鬼の場合は？

誰かに聞けるものなら聞きたいところだ。踏み込めずにいる久條は、まっとうな二十五歳成人男性らしく、悩まされていた。おかげでこのところ、あまり気持ちよくは酔えない。まぁ羽村が飲む分、自分がしっかりしていたほうが安心ではある。

会計を済ませて店を出ると、かなり遅い時刻になっていた。残業の後の食事は店を出ればもう深夜という日も少なくない。

吹きつける夜風に、羽村は肩を震わせている。もう師走《しわす》も目の前の、十一月最後の週だ。

「羽村さん、送りましょうか？」

地下鉄の駅に向かって歩きながら言うと、男はとんでもないという顔をした。

「何言ってるんだ、君の家は途中から方向違いだろ。大丈夫、そんなに酔っちゃいないよ」

送り狼《おおかみ》になり損《そこ》ねた。転勤の際に、会社に勧《すす》められるまま住居の場所を決めてしまった自分が恨めしい。

まぁこんな時間で、明日も仕事では当然か。

「羽村さん、ちょっと」

「うん？」

「ちょっと」

身を寄せるよう、手招く。

夜も更けているが、一歩表通りに出ると人通りは絶えていなかった。内緒話をもちかけるように振舞《ふるま》う久條に、男は従う。

地下鉄へ下りる階段の手前で足を止め、久條は耳元に手を翳《かざ》した。

耳打ちでもする振りをして、羽村の耳朶にキスをした。

「く、久條くん？」

驚きに五十センチほど飛び退《との》いた男の顔は赤い。たぶん、ほろ酔い加減のせいだけじゃない。

そして、赤くなった耳をして大真面目に尋ねてくる。

「ご、ごめん。今何を言おうとしたんだ？　よ、よく聞こえなかった」

そりゃあ聞こえるはずもない。元々話などなく、一言も言葉を発していないのだから。

鈍《にぶ》い。こういうのもガードが固いって言うんだろうか。

動揺する顔は、よく見ればやっぱり年の割に可愛《かわい》い。そのくせ、うっすら赤らんだ目元など、案外色っぽい。

「やっぱり眼鏡のほうがいいですよ」

「え…」

「そう言おうとしたんです」

とんだ独占欲。誰彼構わず、レンズのガードもなしにそんな目で見られては困る、なんて。付き合いはなにも進展しちゃいないのに、思考だけはすっかり恋人の自分に、久條は呆れるしかなかった。

「へぇ、久條さんも健康に気を使ったりするんですね」

コンビニの飲料水コーナーで、野菜ジュースを手に取った瞬間だった。声に振り返ると、事務の岩木由里《いわきゆり》がコンビニのカゴを手に立っていた。

店内の時計を見れば正午を回っている。『コストが、予算が』と、営業先が設備のリニューアルになかなか首を縦《たて》に振ってくれず、午前中のうちに戻るつもりが遅くなってしまった。もうこんな時間か。飲み物を買いに寄ったはずが、昼飯も調達しなければならない時刻だ。

「トマトジュースですかぁ?」

「あぁ、増血に励んでるんだ」

「やだ。トマトジュースは血じゃありませんよ。吸血鬼みたいなこと言ってぇ…って、ドラキュラ伯爵《はくしゃく》が普段飲むのってワインでしたっけ?」

小振りのペットボトルから見える赤い色に、久條はふらふらと手を伸ばしていた。

増血、造血。なんだかんだ言っても、常に意識の片隅に残っているらしい。

「あ、でもトマトのリコピンには血液をさらさらにする効果があるんだって。こないだアルアル大事典でやってましたよ〜」

「へぇ、そうなんだ」

さらさらのほうが血は美味《うま》いんだろうか。

ふと、下の段のお茶のボトルが目に止まり、久條はトマトジュースを元に戻した。

岩木が弾《はず》む声を上げる。

「あ、それって渋茶《しぶちゃ》コアラシリーズ！　そういえば久條さん、知ってますか？　羽村主任がそういうの好きなんだって」

そういうの、として指差されたのは、ペットボトルの首に下がっている小さな袋だ。

「食玩っていうの？　ジュースのおまけとか、お菓子についてるのとか、趣味で集めてるらしいですよ」

もちろん知っている。何故なら、それこそがこのボトルを選び直した理由だからだ。

『身悶《みもだ》えコアラ』が見つからない。いつだったか羽村がそうぼやいていた。お茶のおまけのマスコットコアラグッズの話だ。『身悶えコアラ』だろうが『恥じらいコアラ』だろうが久條には興味がなかったが、羽村がほしいと言えば気にはかかるというもの——

「…なんで知ってるんだよ」

「あれ、久條さんも知ってました？　主任から直接聞いたんですよ。机の中にいっぱい入ってるの見ちゃってぇ、問い詰めたら、好きで集めてるんだって教えてくれました。ダブったのもくれたんですよ～。ほら、コレ」

携帯にぶら下がったストラップのコアラ。彼女は意気揚々《いきようよう》と見せつけてくる。

「最近、主任なんだか雰囲気変わったと思いません？　とっつきやすくなったっていうか……時々メガネやめてるせいかなぁ。なんか可愛いの。主任ってオジサンかと思ってたら案外若いんですねぇ」

彼女の目がきらりと輝く。そういえば、羽村を飲み会に誘い出そうとしていた岩木だ。少なからずそういう意味で興味があるのだろう。

「おまえから見れば、オジサンだろ」

「えー、あたしオジサン好きだから別に嬉《うれ》しいかも～」

高卒入社でまだぎりぎり十代の岩木は、本気で嬉しそうだ。

「残念。まだ三十だっていうから、オジサンとは違うな」

「ちょっと久條さん、それってどっちなんですか！」

もぉっ、と聞こえてきそうな岩木の膨《ふく》れ面《つら》に背を向け、そそくさと弁当コーナーに逃げ去る。目についたシャケ弁当を引《ひ》っ摑《つか》み、久條はレジに並んだ。

率直に言えば、面白くない。あれほど秘密にしている様子だった食玩集めの趣味を、羽村はいつの間にか公《おおやけ》にしていたらしい。

知っているのはまだ岩木だけなのかも知れないが、いずれにせよ自分だけじゃなくなったのは確かだ。

くだらない。あまりにも低レベルな自分の苛立《いらだ》ちに、久條は目眩《めまい》さえした。

最近羽村の雰囲気が変わった。話しやすくなった。それは岩木でなくとも口にしていることだ。

羽村は社内でも気安く笑っては、その奇っ怪な笑い声で社員の目を白黒させ、童顔な表情で場を和《なご》ませている。

あぁ、やっぱり笑いの禁止は、希望ではなく強制にしておけばよかった。

単なる独占欲じゃない。考え始めると嫌な結論に辿《たど》り着《つ》く。羽村にとっての自分はなんなのか。

実は、単なる刷《す》り込《こ》みの親鳥みたいなものじゃないだろうか。

最初に秘密を知ったのが、たまたま自分であっただけ。あの秘密…吸血鬼の秘密も、もし別の誰かが知り受け入れれば、羽村はその人間に靡《なび》きやしまいか。

恋人を名乗るのに、果たして自分である必要はあるのか。

羽村に好意を持たれているのは判《わか》る。でなきゃ、いくらお互い一人暮らしの身だからって、週の半分も食事は付き合わない。

ただ、恋をしているようには見えない。

「…なんだかなぁ」

避けたかったヘビーな思考に、お茶のボトルごときで辿り着いてしまった。コンビニ袋を引《ひ》っ提《さ》げ、久條はぼやきながら表に出る。

空は綺麗な秋晴れだったが、心は靄《もや》が立ち込めていた。

「そういえば、今日は眼鏡なんすね」

ずる。鴨南蕎麦《かもなんそば》を啜《すす》っていた羽村は、テーブルの向かいの男をちらりと目線だけで見た。

会社の傍《そば》の馴染《なじ》みの店だ。外回りから戻る途中に立ち寄ったのだった。

丼《どんぶり》から立ち上る湯気《ゆげ》に曇《くも》る眼鏡を、指の背で一拭《ひとぬぐ》いする。レンズ越しに見えるのは、先週からずっと行動を共にしている新入社員だ。

新顔といっても二十六歳。中途採用の転職組の男は、名を山内 明《やまうちあきら》といった。体格がよく骨太で、学生時代は運動部に所属していそうな、体育会系の匂いのする男だ。

まぁ営業なのだから、インドア派でじめっとしてるより、からっとしてるほうがいいに決まっている。

急な採用は欠員が出たためだった。増員ではなく補充。営業の田所《たどころ》が退職届を提出し、慣行《かんこう》にない速さで辞《や》めていったのだ。『親が倒れて長期の介護《かいご》が必要になった』というから受理されたのに、実際の理由はまったく違っていた。『大手企業に転職が決まった』と、送別会で女子社員に誇《ほこ》らしげに話していたというのだから、呆れた話だ。

求人広告も間に合わず、山内は課長の口利《くちき》きで入ってきた。引き継ぎする間も当然ない。おかげでこうして田所の担当していた得意先を、山内と一社一社回っているのは羽村である。

「あぁ…まぁ、このほうがいいかと思ってね」

正直、コンタクトレンズはまだ慣れない。せっかく購入したのだからと使用していたが、今朝は迷わず眼鏡を選んだ。

昨夜の久條の言葉を思い出したからだ。

「え、そうっすか？　なんかジジムサイですよ、それ。主任の眼鏡姿、違和感あるんすよね」

「違和感？　山内くんは知らないだろうけど、先月までずっと眼鏡だけだったんだよ。コンタクトは持ってなかったから」

「えー、信じられないなぁ。外してるほうが若く見えて絶対いいですって！」

男は興奮したように声を大きくする。荒っぽく箸を動かして啜った蕎麦が、びしゃりと汁を盛大《せいだい》に飛び散らせた。

「あちっ」

ガサツなところのある男だ。顔に浴びた汁を、困ったように手の甲で拭う。ワイシャツの襟《えり》元《もと》にまで飛び散っていたが、蕎麦屋のテーブルに紙ナプキンは用意されていなかった。

「これを使うといい」

上着ポケットからハンカチを取り出す。

「すんません」

男は遠慮する素振《そぶ》りを見せるも、結局ハンカチを受け取った。ぺこりと短髪の頭を下げる。

それから、照れ臭そうに笑った。

「仕事、教えてくれるのが羽村主任でよかったっすよ」

「え？」

「いやぁ、前の会社は厳しくて。新卒で入った会社なんすけどね、最初は運動部にでも入ったのかと思いましたもん」

体育会系な空気は、前の会社で沁《し》みついたものらしい。

「そのくせ上司ときたら女子社員には態度がころっと変わって！　あれはヤな感じだったなぁ。主任、親切だし、丁寧に教えてくれるし、優しいですね。ありがとうございます」

戻されたハンカチを受け取る。羽村は唸《うな》るような曖昧《あいまい》な反応をしただけだった。

仕事となれば、営業であれなんであれ手は抜かない。丁寧と言われても不思議ではないけれど、今まで手解《てほど》きした相手に『優しい』と言われたのは初めてだ。

山内だけでなく、最近職場の誰かにも言われた。雰囲気が柔らかくなったとかなんとか。

自分が他人との距離の置き方を変えたのは、もちろん判っている。それによって社内の人間と話す機会が増えたのも。けれど、口数を増やしたからといって、特に愛想よくしているつもりも優しくしているつもりもない。

羽村は好印象の理由が本気で判らなかった。

ましてや、山内に気に入られた理由は。

無口で人を遠ざけ、いつも仏頂面を引っ提げていた羽村を山内は知らない。新入社員だからこそ、素直に好感を覚えてくれる。

「午後は見積書の作り方を教えるよ。さっき挨拶《あいさつ》に行ったとこは数字にうるさいんだ。長期的なランニングコストが見通せると感触いいから、出し方を教えるよ」

「はい！」

いい返事だ。反応がよければ、こちらも教え甲斐《がい》があるというもの。当初は新人の指導なんて憂鬱《ゆううつ》でしかなかったのが嘘のように、気持ちは軽くなっていた。

蕎麦屋から戻ると、昼休みは終わろうという時刻だった。

パソコンの電源を入れながら席につき、ふと斜向《はすむ》かいの机に目を向けると、空の弁当箱が乗っかっていた。

他人の席で弁当を食べる者はいない。久條が戻ってきているのか——そう思って視線を巡らすと、ちょうど廊下から戻ってくる男と目が合った。

「あ…お疲れさまです」

なんだろう。少し表情が硬《かた》い。

けれど、首を捻《ひね》る間もなく久條は笑みを浮かべた。薄く笑い、上着ポケットに手を突っ込む。

「羽村さん、コレあげます」

ポイと机に投げ寄越されたのは、小さなプラスチックのコアラだ。脳天に刺さった留め具にはボールチェーンが通されている。

眉間《みけん》に皺《しわ》寄《よ》せ、口を波打たせたコアラ。眉間も何も、そもそもコアラに眉があるのか怪しいが、そこはそれデフォルメの成《な》せるわざである。身を捩《よじ》った姿は、出現率の低い『身悶えコアラ』に違いない。

「これって…」

「探してるって言ってたヤツでしょ」

「あ…けど…」

「なんすか、それ？」

隣席からヒョイと山内が覗き込んできた。

「あぁ！　主任、そういうの集めてるって言ってましたね」

「え…あ、まぁ」

「じゃあジュース飲むときは、俺も気をつけてとっときますよ」

気を利《き》かせたつもりだろう。大きな声で山内は言った。

大人げないコレクター魂《だましい》。最近では岩木にも知れてしまい、隠さなくてもいいかと思い始めたけれど、胸を張るような趣味でもない。

「ありがとう、山内くん」

羽村は決まり悪く、返事をする。

「久條くんも、ありが…」

顔を上げると、久條がじっと自分を見ていた。戸口から目線を合わせた瞬間と同じ、少し強《こわ》張《ば》ったような表情。眉間には、手にしたコアラにも似た縦縞《たてじま》がうっすら入って見える。

「…久條くん?」

「あ…いや、なんでもありません。いらなかったら捨ててください。それじゃ」

素《そ》っ気《け》ないとも取れる口調で、久條は背を向けた。

背後の整理棚から数冊の消火器具のカタログを選び取り、フロアを横切る。足が長いから歩幅も大きい。途中、お茶のトレーを抱えた岩木と擦《す》れ違《ちが》った。

事務の岩木は、気が向けば食後にお茶を用意してくれる。ただし、本当に気が向いたらだ。今日はフロアにいる人数が少ないから煎《い》れたのだろう。

「久條さん、コーヒーがよかったです?」

「あー、俺いらない。悪い。これコピーしたらすぐ出なきゃならないから」

コピー機に向かって突き進む久條の態度は変わらずだ。

「彼って、年下とは思えないなぁ」

山内が突然口を開いた。

「え…？」

「いや、久條さんって俺より一つ下らしいんで、見えないなぁと思って」

「あぁ、久條くんはたしか二十五だけど…」

――そう見えないだろうか。

老《ふ》け顔でもなく童顔でもない。年相応だと思っていた。

「いや、なんか落ち着いてるじゃないですか、彼。クールっていうか…女の子相手にもつれない喋《しゃべ》りだし。まぁ…俺の前の会社が、媚《こ》びる男が多すぎただけかもしれないすけどね」

八方美人のお調子者かと言われれば、きっぱり違う。けれど、吸血鬼について調べてきたり、やたら構ってきた久條を、羽村は今までそんな風に感じたことがない。

言われてみれば、そうかもしれない。久條は落ち着いている。誰に対しても接し方は変わらない。辞めていった田所などは、女子社員の前では途端に愛想がよくなり、部長課長の前となれば平身低頭《へいしんていとう》。カメレオンのように態度を変化させていたのにだ。

「久條さん、モテんだろうなぁ。男前は女に優しくしなくてもいいどころか、素《そ》っ気《け》なくしてるぐらいがちょうどいいってんだから、羨《うらや》ましいっすよ」

コピーをしている久條の背中を見遣《みや》りながら、少し潜《ひそ》めた声で山内は言った。

秋はのんびり歩けば風も気持ちのよいいい季節だ。

十一月最後の金曜日。もう師走《しわす》も目前ながら、天気のよい昼間はまだ暖かく過ごしやすい。ただし、のんびりと心泰平《たいへい》に歩けばだ。

夕刻、会社へと戻る羽村《はむら》は、しきりにワイシャツの襟元《えりもと》を気にしていた。だらしのない格好《かっこう》は営業として好ましくない。よってネクタイを緩《ゆる》めるつもりはないので、ワイシャツのボタンも外したりはしていない。ただ、時折息苦しさに襟元を引っ張っては、無意識にシャツの中に風を送り込もうとしていた。

暑い。それはそうだ。電車に揺られている時間以外、移動の間は常に走り出す一歩手前の急ぎ足だった。

新人の指導についてから、自分の仕事が滞《とどこお》り気味になっている。得意先への顔出しは、夜間に回すわけにもいかない。少なくなった時間をやりくりして外回りを強行する羽村は、常に急《せ》いていた。

暑さには弱い。汗をかかない体質のせいで、熱が内に籠《こも》る。

――それとも、吸血鬼だから暑さに弱いのか。それにしては、太陽の下でも灰にならないのは不思議だ。日差しは苦手だが、別に畏怖《いふ》してはいなかった。

横断歩道の手前で足を止める。信号は赤だった。

会社の入ったビルはもう目と鼻の先だ。ホッと息をつきながら再び襟元に指をかけた羽村は、ぎくりと身を強張《こわば》らせた。

車道に何かいる。薄茶色の毛並みに、赤い首輪。縫《ぬ》いぐるみのようにも見えるが、縫いぐるみの首輪にリードはつかない。

犬だ。交通量の多い、六車線道路のど真ん中、小さな愛玩犬《あいがんけん》が赤く伸びたリードを引《ひ》き摺《ず》りながらちょろちょろと動いていた。

「ちょ、ちょっとねぇあれ…」

「うわ、危な…っ！」

隣に並んだ女性の二人連れが、はらはらした声を上げる。

目を覆《おお》いたくなるような光景に、羽村は思わず飛び出していた。車道に身を躍《おど》らせる。反射的な行動だったが、何も考えていなかったわけじゃない。車の切れ目を見極め、縫い進む。

犬は無事だった。小刻《こきざ》みに震える生き物を腕に抱いたところでホッとしたのか、戻りは油断してしまった。車間の目測《もくそく》を誤《あやま》り、銀色の小型トラックの車体が胸元を掠《かす》める。

車道をクラクションが満たし、風圧が顔を打つ。

危うく轢《ひ》かれるところだ。信号が青に変わり、どうにか歩道に戻った羽村は、犬を飼い主のお年寄りに引き渡す。散歩途中にうっかりリードを放してしまったらしい。

「…なっ、何やってんですか、アンタ⁉」

聞き馴染《なじ》んだ声がしたのは、そのときだった。

尻尾《しっぽ》を振りながら去っていく犬と飼い主を見送っていた羽村は、声のほうを振り返る。

紺のスーツにブリーフケースを手にした久條が、険《けわ》しい表情で立っていた。

「あ…久條くん。君も今戻りかい？」

「久條くん、じゃないでしょ！　すごいクラクション鳴ってるし、なんかあったのかと思えば！」

「あぁ、犬が車道に迷い出てたんだ。轢かれそうで危なっかしくてさ、それで…」

「轢かれそうになってたの、犬じゃなくてアンタじゃないですか！」

「えっと…」

久條の剣幕《けんまく》に驚いた。こんな風に焦《あせ》って声を荒げる久條は、あまり見たことがない。

前に見たのは…そうだ、陸橋《りっきょう》から落ちたときだ。鉄パイプが腹に刺さって…そりゃあ、慌てもするはずで――

羽村はくすりと笑った。

「…何笑ってんですか？」

「いや、その…大丈夫だよ。君は知ってるだろう？　俺はたぶん車に撥《は》ねられたぐらいじゃ死なない。実は昔から怪我《けが》らしい怪我もした覚えがないんだ」

小馬鹿にして笑ったわけじゃなかった。

心配してくれている。それが判《わか》ったから笑ったのだ。なんだか温かい気持ちが芽生《めば》え、それが笑みとなって…小さく漏《も》れた。

「…だから、それがなんですか？」

久條は少しも表情を緩めなかった。

「え…だから、俺はたぶん普通の怪我では死なないから…」

「だから、無茶したって言うんですか？」

「いけないかな？　だって、怪我もしないんだから、何やったって平気だろう？　犬が無事で、飼い主のおばあちゃん喜んでた」

むすりとした男の表情は変わらない。和《やわ》らぐ気配もないまま、視線だけをついと外し、久條は歩き出す。立ち話をしている間に、信号は赤に戻り、再び青に変わったところだった。

どうして久條くんは機嫌が悪いのだろう。

羽村にはまったく判らなかった。

ただ、気まずさだけが募《つの》る。会社に向かい大股で歩く男は、さして急ぎ足にも見えないのに結構なスピードで、羽村は置いていかれまいと小走りで追う。

「羽村さん、今日の約束なんですけど」

辿《たど》り着《つ》いたビルの自動ドアを潜《くぐ》ったところで、男が不意に口を開いた。

「あ、うん…？」

事前に食事に誘われていた。この数日、忙しくて夕食を共にしていない。羽村が気が急くほど仕事に励《はげ》んだのは、今日こそ定時退社を目指していたせいもある。

頭の片隅にずっと存在していた、今夜の約束。

断られるのかと思った。よく判らないが、犬を助けたのは気に入らなかったらしい。そういえば、数日前の昼休みも変な顔をしていた。コアラをくれた男は、眉間《みけん》に皺《しわ》をこさえていた。

あれも、どうして不機嫌になったのだろうか。

どうして。

そこで羽村の思考はぷつりと途切れる。仕事以外の人付き合いを避けてきたせいで、人の気持ちを上手く察することができない。

「どうですか？　仕事、定時で上がれそうですか？　俺は大丈夫と思いますけど」

「え…あ、あぁ、三十分くらいの残業で済みそうかな。ちょっと急ぎで頼まれてきた件があるから、それをまとめてファックスで送ってしまえば…」

「そうですか、よかった」

久條が頬を緩め、羽村は約束が撤回《てっかい》されなかったことに安堵した。

年を取ると変化を嫌い、保守的になりやすいというが、実際どうなのだろう。自分は意外なほど変化に適応している。久條の存在が普通になっている。

慣れていたはずの一人の夕食が嫌になった。

一人で過ごす夜が、寂しくなった。

久條の傍《そば》でほろ酔い加減でいるのは、心地がいい。

「今日はどこに行くつもりなんだ？　月曜に行ったあの店、よかったな。酒も食事も美味《うま》かったし…でも、続けて行くと飽きてしまうかな？」

無意識に声が弾《はず》む。

エレベーターに乗り込むと、開閉ボタンを操作しながら男が言った。

「羽村さん、今日は俺の家に来ませんか？」

「君の…家？」

「そう。ゆったり家で飲むってのは？」

予想だにしていなかった行き先だ。自分の家に久條は何度か来ているが、羽村からはまだ訪《たず》ねたことはない。

「俺、来週一週間本社に出張なんです。羽村さん、知ってますよね？　来週は会えないし、飲みにも行けないし、だからたまには家で飲むのもどうかなって」

出張の話は、羽村の耳にも入っている。本社のある名古屋だ。新幹線で旅立ってしまえば、その間食事を共にできないのはむろん判る。判るけれど——どうしてそれが『家で飲む』という行為に繋《つな》がるのだろう。よく意味が摑《つか》めなかった。

予定どおり、その夜は短い残業で仕事は終わった。男女ならあらぬ噂が社内に広まりそうなものだが、幸い男同士。示し合わせて帰ったところでなんの問題もない。

久條の家に向かって電車を乗り継いだ。辿り着いた先で、行きつけらしい駅前の大型スーパーに立ち寄り、酒を選ぶ。

「久條くん、ツマミはどうする？　惣菜《そうざい》でも買おうか？」

「俺が作りますよ」

「君が？　作れるの？」

「酷《ひど》いな。料理は人間の作るものなんだから、俺にだって作れます」

意外だ。食事は外食かコンビニですべてすませるタイプかと思っていた。

野菜コーナーでピーマンを選んでいる男を隣で見ていると、なんだか夫婦みたいだなと思う。

「これも一つ入れとくか」

久條は彩《いろど》りを考えてか、赤ピーマンをカゴに放り込んだ。スーツ姿にスーパーの買い物カゴ。少しばかりアンバランスな姿にもかかわらず、情けない感じはまったくしない。むしろ新鮮で、様《さま》になって見えるぐらいだ。

人の美醜《びしゅう》に拘《こだわ》りのない羽村だが、久條が男前の部類に入るのは判っている。

山内に言われるまでもない。久條はきっと女性に人気だろう。料理ができる男はモテる、なんてのもどこかで聞いた気がする。男前が料理。二乗の効果だ。

久條は何故、自分と付き合っているのだろう。この一ヵ月、あまり意識してはいなかったけれど、ちゃんと交際を認識してはいる。

しがないサラリーマンで、五つも年上の男で、さらには異常体質。物珍しさ以外に理由は思い当たらないが、それは以前否定された。

どうして。自分の隣にいるのが間違っている気がする。

「あー、刺身《さしみ》も買っときましょうか。俺が作ってる間、一杯やってていいですよ」

気を利《き》かせ、鮮魚コーナーに移動しようとする男の背を、羽村はじっと見つめた。

料理の献立《こんだて》を、久條は昨夜から考えていた。

といっても、料理本片手に四苦八苦して捻《ひね》り出《だ》したわけじゃない。一人暮らしももう結構な期間になるから、それなりの腕は揮《ふる》える。

初めて作った料理が不味《まず》かったなら、懲《こ》りて二度とチャレンジしなかったかもしれないが、案外イケたので自炊もそれなりにするようになった。

パチンコの勝ち負けと同じかもしれない。ビギナーズラックに恵まれれば、意欲も高まろうというもの。

「すごいな、久條くん。俺は料理はからっきしダメなんだ。昔、筑前煮《ちくぜんに》を作ってみたんだけど、食べれたもんじゃなくて、それ以来どうも作る気になれなくてね」

羽村はビギナーズラックを逃してしまったらしい。カレーかチャーハン程度にしておけばいいものを。にしても、初めての料理に筑前煮はハードルが高いだろう。

「和食がよかったですか？」

「いや、なんでもいいよ。いい匂いだ。すごいね、久條くん」

炒《いた》め鍋を揺らす手元を、羽村はずっと脇《わき》で見ていた。でき上がりまで一杯やってもらおうと刺身を購入したのに、これでは意味がない。冷えたビールは、座卓で室温に馴染むがままだ。

羽村は何度も『すごい』の言葉を口にした。一生分とはいわないが、半年先の分ぐらいまでは使っていそうだ。

「すごい美味《おい》しいよ」

若干《じゃっかん》手順の怪しい酢豚《すぶた》、春巻に、あとは簡単手軽が取《と》り得《え》の酒の肴《さかな》を何品か。

飲み始めると、食事より酒を優先する羽村が、今夜は量を多く食べた。座卓の前で正座し、とても寛《くつろ》いでいるようには見えないシャンとした姿勢で箸《はし》を動かす。

飲んでいても生真面目《きまじめ》な男の姿に、なんだか笑いが込み上げてくる。

微笑《ほほえ》ましくも、苦い笑いだ。

どんなつもりで自分が部屋に誘ったのか、羽村はきっと考えてはいない。

案の定、食事も終えて十時を回った辺りから、羽村は時刻を気にし始めた。携帯電話を開き、何かを見ている。電車の時刻だろう。乗り継ぎの時間を気にしているのかもしれない。そんなに慎重にならなくとも、まだまだ多数行き交っている時刻だというのに。

空いた皿を片づけた久條は、キッチンから部屋に戻る。ワンルームの単身者向けマンションの一室は、普段以上に整えていた。その部屋の座卓に、羽村はこちらに背を向けて座っている。着崩しもせず、身につけられた白いシャツ。ピンと皺なく張った様が、羽村らしい。スーツの上着は、久條が気を利かせてハンガーにかけたので、今は自分のそれと一緒に壁に仲良く並んでいる。

「久條くん、ここから俺の家まで結構かかるし、そろそろ帰…」

羽村の言葉が途切れた。

理由なら、判っている。白いシャツの背に浮いた二つの隆起。肩甲骨《けんこうこつ》の辺りに、背後に座った久條がそっと手のひらを滑《すべ》らせたからだ。

「く、久條くん…?」

肩先が僅《わず》かに弾む。腕を回し、弾む体を反射的に背後から抱《だ》き竦《すく》めた。

「ここに泊まればいい」

沈黙が返ってくる。腕の中の体は呼吸も忘れ、置物のように固まっている。点《つ》けっぱなしのテレビの音だけが、たっぷり十数秒の間沈黙を埋めた。

「え、えっと…」

「そういう意味です」

やっと言葉を発した羽村に、焦《じ》れて言葉を被《かぶ》らせる。再び男は黙り込み、眼鏡のツルのかかった小さな耳が、目の前で赤く色づいていった。

「俺が部屋に誘った意味、やっぱ判ってなかったんですね？」

「えっと…いや、その…判ってたよ。た、たぶん」

「たぶん？」

「二人だけで過ごせるから…だろう？」

「へぇ…じゃあ、どうして二人きりで過ごしたいんでしょう？」

返事はない。また沈黙だ。考えているだけかもしれなかったが、久條はもう待たなかった。

抱き竦める腕に力を込め、薄赤く染まった耳に唇を押しつける。

「金曜の夜ですよ？　下心があるに決まってんじゃないですか」

無意識に囁く声になる。低い声の振動に男は肌を震わせ、久條は身を捻るようにして手前に回り込んだ。

額《ひたい》に唇を押しつける。鼻筋を辿ろうとして、邪魔な眼鏡を奪い去る。テーブルに移しながら口づけの場所を改めると、羽村がすいっと顔を背《そむ》けた。

嫌な予感がする。

「…まさか、またですか？　唇はダメ、ってヤツ？」

「そ、そういうわけじゃないけど、その…」

「その？」

顔を覗き込む。逃がすまいと抱き寄せた腕で背中を支え、返事を待ちきれずに幾度か唇を押し合わせる。

羽村は身を突っ張らせていた。背筋は定規《じょうぎ》入り、両手は拳《こぶし》を作って膝の上。けれど口づけを繰り返すうち、腕の中のその体がゆっくりと緊張を解いていくのが判った。

硬く閉じられていた目蓋《まぶた》が、躊躇《ためら》いがちに開く。視線が絡《から》み合《あ》えば、眸《ひとみ》が戸惑いに揺れる。キス一つにまるで慣れない表情を見せる年上の男を、久條は可愛《かわい》いと思わずにはいられない。

柔らかなキスをした。音を立てて軽く吸い、時折舌先で突く。薄く開いた羽村の唇から、吐息が零《こぼ》れ出し、その微《かす》かな熱を追い求める。

合わさった唇の間に、侵入《しんにゅう》を試《こころ》みた。滑《すべ》り込ませた舌がソレ…先の尖った八重歯に触れ、じんと痺《しび》れるような感覚を覚える。

どくん。どちらのものとも判らない心音が舌先に響き——同時に、胸元に鋭い一撃を受けた。

いつかのように、久條は激しく突き飛ばされてしまっていた。

「痛っ…」

「…ご、ごめん！　あの、俺…帰らないと！」

「羽村さん！」

逃げ出そうとする男を引き留める。

「ここにいてほしい。明日が休みでも…恋人の頼みでもダメなんですか？」

男はびくりとなって自分を見た。困った表情で、起こしかけた膝《ひざ》を再び落ち着ける。

「君は…忘れたのか？　また…俺が、あ、あんな風になったらどうするつもりなんだ」

「あんなって？」

「自分でもどうなるのか判らない。また、その…か、嚙《か》みつくかもしれないだろう？」

「あぁ、そのこと」

久條は息だけで笑った。緊迫感もない顔で言った。

「もう一回嚙みついてみればいいじゃないですか」

少し首を傾け、耳の下辺りを指し示す。あの日、羽村の失敗でできた嚙み傷は、十日ほど消えなかった。まるでヘタクソな看護師の注射跡みたいにいつまでも残って、ジクジクと痛んだりもした。

「頸動脈《けいどうみゃく》って、やっぱココです。映画やなんかの吸血鬼の牙《きば》の跡、アレ見栄《みば》えのいい場所に適当につけてるわけじゃなかったんですよ。なんなら、判るように印つけときましょうか？　こないだみたいに、ぶすぶす刺されたんじゃ俺も痛いし…」

「ふざけないでくれ！」

からかっているとでも、思ったらしい。上目遣《うわめづか》いに久條はねめつけられる。

「何が起こるか判らないんだぞ？　死んだらどうするんだ。それにもし…もし、君まで吸血鬼にでもなったら！」

「体質が移るとは限らないでしょ。だって羽村さん、別に吸血鬼だって決まったわけじゃないんだから」

男は瞬《まばた》きした。睨《にら》み据《す》える目から力が抜け、代わりに啞然《あぜん》とした顔となる。

「…なに言ってるんだ、今更。君だって見ただろ？　あんな大怪我してもぴんぴんして、血に餓《う》えて君に嚙みついて…」

「けど、それで吸血鬼と限定されるわけじゃないでしょ。だいたい羽村さん、昼日中歩いても平気だし、ニンニクも十字架だって平気じゃないですか」

「日中歩いてて倒れただろ」

「あんなの！　真夏に炎天下《えんてんか》歩き続ければ、誰だって倒れるときは倒れますよ。どうしても吸血鬼だってんなら、説明つけてください。なんで太陽も十字架も平気なんです？」

声が荒立つ。膝の上で握り締めた男の手が、ぎゅっとなる。

言い過ぎた。一番自分を持て余し、困窮《こんきゅう》しているのは羽村だろうに。

「すみません、言い過ぎました」

問い詰めたいわけじゃない。久條は素直に詫《わ》びる。

「久條くん…」

当惑した顔で自分を見るから、思わず年上の男なのも忘れて頭を撫でた。子供にするみたいに数度撫でてから、頬まで辿る。

引き結んだ唇の両端に、白い尖《とが》りが僅かに覗いていた。

さっきのキスで少しは興奮してくれたのだろうか。八重歯がいつもより大きくなっている気がする。触ろうとすると眉が歪《ゆが》むから、それには触れられない。

正座に戻った羽村は、久條が見つめる間、ただただ岩のように硬直しているだけだった。もしかすると、何故自分がこうまで触れたがるのか、疑問に感じてすらいるのかもしれない。

一度も恋人を作らないでこれた羽村は、性的な欲求が薄いのだろう。

ようは、なんとも思っていないのだろう。

自分だって絶倫なわけじゃない。人並み程度、大してがっつきもせずにこれまで生きてきたつもりだが——駄目と言われれば欲しくなる。

けれど、羽村が躊躇《ためら》う理由もよく判る。

無理《むり》強《じ》いで嫌われるのはごめんだ。余裕のない年下男などと印象づくのは、もっと嫌だ。

「送りますよ、羽村さん」

「え…？」

「駅まで送らせてください。それくらいいいでしょう？」

すっと男の頬から手を引き、久條は笑《え》んだ。

見栄を張った。中学生じゃあるまいし、この年で禁欲――いわゆる、痩《や》せ我慢。そんなものをする日が自分にくるとは思ってもみなかったが、仕方ない。

「そうだ、あと明日…」

言いかけて言葉を飲む。週末はドライブにでも誘おうと計画していたのだが、この状況で休日をともにするのはいささか辛いやもしれない。

「明日？」

週末は大人しく出張の準備でもしよう。

久條は無難な道を選んだ。

「いや…なんでもありません。そうだ、コーヒー入れますよ。少しでも酔いは冷まして帰ったほうがいいでしょう」

◇◇◇

人手が足りないという理由で呼ばれたはずだが、名古屋の本社は相変わらずだった。

忙しい者がより忙しくなろうとも、暇な者は時間を持て余したまま。仕事とは社員全員に平等に振り分けられるものではないから、馬車馬《ばしゃうま》のように働かされる者もいれば、夜の接待が主な仕事で昼は開店休業の者もいる。

「どうだ？　久條《くじょう》くん、こっちに戻りたくなってきたんじゃないのか？」

部長に肩を摑《つか》まれた久條は、見据《みす》えていたパソコン画面から顔を起こした。

「なりません。やっと向こうに馴染《なじ》んできたところですから」

「そうか？　君、地元はこっちだろう？　その気があるなら、戻れるよう支店にかけ合ってみようかと思ったんだがなぁ」

ぐっと肩を握る手に力を込め、がははと男は笑う。親睦《しんぼく》という名の暇つぶし。午後になると社員の迷惑も顧《かえり》みず机を覗いて回る姿は、久條の転勤前となんら変わりない。

「松野《まつの》くん、元気でやってるかね」

「きゃっ。ちょっと部長っ、宛名《あてな》が歪《ゆが》んじゃったじゃないですか！」

――いつかセクハラ認定されるな。

今度は女子社員の肩を叩いて話しかけている部長を横目に、久條は溜め息をつく。

入社して三年在籍していた名古屋の本社。慣れているし、別段不満はない。けれど、こうしてたまに訪《おとず》れる程度が今はいい。

のん気なセクハラ予備軍オヤジが部長だからではない。数ヵ月前なら喜んで戻っただろうが、今は支店に羽村《はむら》がいる。

出張は今日で四日目になる。木曜日だった。

先週のあの日…金曜から羽村には会っていないが、月曜にこちらに着いてすぐにメールを送った。夜はホテルの部屋から電話をした。そうしなければ、この出張の間に物理的な距離だけでなく、心理的な距離も大きく開いてしまいそうな気がしたからだ。

羽村はどう思っているのだろう。

こちらからは毎晩電話をしているが、羽村からはかかってこない。薄々感じていたことが、出張ではっきり形となった。

連絡がない。羽村はよほどの用がない限り、寄越《よこ》さない。電話も、メールすらも。毎日のように顔を突き合わせているからだと、今までは理由づけていたが、離れてみればただの無関心としか思えない。

昨日に至っては、まるで根比《こんくら》べ。放って置けばかかってくるかと待ち続けた結果、根負《こんま》けして久條が電話をしたのは深夜だ。

今夜はどうなることやら。電話一本のことで、意固地《いこじ》になったり不満を覚えたり。女々《めめ》しいったらない。

――茶でも飲もう。

終業時間までまだ間がある。机の上の空のカップを手に、久條はおもむろに立ち上がった。

給湯室に向かうと、背後について歩くような気配を感じた。

「ね、明日帰るんでしょ？」

声に振り返ると、そこに立っていたのは小山美鈴《こやまみすず》だった。

「あ…いや、週末は接待ゴルフ要員にされてるから、帰るのは日曜だ」

「へぇ、珍しいわね。うち、ゴルフ接待なんてあんまりやらないのに。大口の顧客《こきゃく》なんだ？　駆り出されて柾己《まさき》も大変ね」

「あぁ、いい雑用係だな」

給湯室に入り、インスタントコーヒーを作っている間、彼女はずっと背後にいた。手ぶらの美鈴は、自分に話しかけるためについてきたのだろう。フロアで機会を窺《うかが》っていたのか。そのわりには、彼女の表情は淡々《たんたん》としている。

表情も声音も変えないまま、美鈴は言った。

「今夜暇なら食事して帰らない？　話があるの」

金曜の夜、久條が言いかけたのはなんだったのだろう。
明日――その言葉の先が、羽村はずっと引っかかっていた。もしかすると、久條は週末どこかに誘ってくれるつもりだったのかもしれない。そして、それを言わせなくしたのは自分だったんだろうか。

羽村は、社内の通路の片隅に蹲《うずくま》っていた。前にしているのは、再生紙用の二つのリサイクルボックスだ。古い避難器具のパンフレットを処分するつもりが、何故か分別《ぶんべつ》作業に従事《じゅうじ》する羽目になった。

経理課のお局《つぼね》…いや、重鎮《じゅうちん》的存在だった下井《しもい》が寿《ことぶき》退社して二ヵ月と少し。業務は滞《とどこお》りなく行われていたが、社内の隅々では乱れが生じていた。リサイクルボックス一つとっても然《しか》り。ばらの紙と、パンフなどの綴《と》じられた紙とでは分別されていたはずが、入り乱れ…よく切り混ぜたトランプのようになっている。

下井がいなくなり、皆どちらに入れるべきか判《わか》らなくなったらしい。親の有《あ》り難味《がたみ》は…下井の存在の大きさは、なくしてから判るもの。今更社員一同感謝したって遅い。

羽村は迷ったあげく、ボックスの中身を取り出し選《よ》り分《わ》け始めた。本屋で棚が乱れていると、書店員でもないのに直してしまうタイプだ。

ぱさり、ぱさり。紙の音だけが、静かな通路の奥に響く。

頭を無にして手を動かしていると、浮かぶは金曜の夜のことばかり。

泊まるのが嫌だったわけじゃない。『本当に断る必要があったのか？』なんて自問自答なら、先週から何度も何度も…そろそろもういいんじゃないかってほど、繰り返した。その度《たび》に、仕方がなかったのだと自分を納得させた。

あのとき、身を引いた久條をなんとなく淋《さみ》しく感じた。同時に、安堵もした。

久條の手、頬に触れた手のひら。酒を飲んでいたせいか、少し体温が高く感じられた。抱きしめられると心臓が高鳴り、渇いた口の中まであっけなく呼応《こおう》する。目の先の首筋に自分が牙《きば》を立てやしないかと、どきりとなった。

些細《ささい》なことに、過剰《かじょう》に反応しそうになる。

あっさりと引いてしまえる久條は、きっとさほど何も感じていないのだろう。

羽村は溜め息をつく。パンフレットの最後の一冊を分けて立ち上がると、フロアのほうから終業時間を知らせるチャイムが聞こえてきた。

やっと今日も一日が終わる。久條のいない会社では、何故か一日は不思議なほどに長い。

少し残業をして帰るつもりだった。フロアに戻ろうとして、羽村は足を止めた。

「えー、じゃあ久條さんって、今はフリーなんですかぁ？」

突然耳に飛び込んできた男の名に驚く。

「さぁ、それはどうだか。社外に新しい彼女作ってるかもしれないしね」

「あー、そっか。でも付き合ってたの本社の人だったんですねぇ。その小山さんって人、下井さんの結婚式で見ましたよ。紫のワンピ着てた人でしょ？　あたし同じテーブルだったもん」

声は女子社員の岩木と嶋田《しまだ》だ。コーヒーカップを洗う水音と共に、給湯室から響いていた。

とんでもない話を耳にしてしまった。話題は久條の恋人——それも、以前交際していた彼女についてらしい。

「ねぇ、なんで別れちゃったんだろ？　やっぱり距離？　遠距離でダメになったとか？」

「そこまで知らないわよ。教えてくれた本社のコも、付き合ってたことすら最近まで知らなかったみたいだし…気になるなら本人に聞いたら？」

「いやですよぉ、久條さんってちょっと怖いもん。なんか冷たいし…ふうん、年上好きなんですね。小山さんって人、下井さんと同期だって言ってたから、だいぶ上でしょ」

「だいぶって、そりゃあアンタと比べたらね。三つぐらいじゃないの、久條さんからしたら」

「えー、三つは私の中じゃ『だいぶ』ですよぉ」

あははと笑う甲高《かんだか》い声が響いてくる。

二人の声、水の音、カップの鳴る音。それらを耳に、羽村は息を殺し立ち尽くしていた。


「そういえば、話って？」

レストランのテーブルについたところで思い出して言った久條に、小山美鈴は含《ふく》み笑《わら》うような顔をした。

「そんなの、口実に決まってるじゃない。今更、柾己に特別な話なんてないもん」

開きかけたメニューを手に、絶句する。

美鈴は気にかける様子すらなく、手元のメニューの写真を指差した。

「これこれ！　久し振りに食べたかったのよね～」

彼女がいつも好んで食べていた自家製麺《じかせいめん》のパスタだ。この店にくる度、ほぼ八割方同じものを注文していたから、否《いや》でも記憶させられてしまっている。

誘いに乗って立ち寄ったのは、イタリアンの店だった。付き合っていた頃には、会社帰りによく訪れた店だ。店の様子は変わりない。赤いシェードの温かみのあるテーブルランプに、使い込んだ風合いのテーブルや椅子が照らし出されている。

ただ懐かしさのわりに久條は落ち着かなかった。このところ居酒屋や和食の小料理屋ばかりで、こういった女性の集まる店に入るのは久しぶりだ。

いつもの日本酒や焼酎《しょうちゅう》はない。久條は料理と一緒にとりあえずビールを頼んだ。モレッティとかいうイタリアンビールにした。

「まさか、おまえに担《かつ》がれるとはね。元気そうだな」

「おかげさまで」

話は続かない。以前もよく通された窓際の二人がけの席。すっかり日の暮れた街のネオンの輝きも変わらないのに、思い出話をする雰囲気でもなく、料理が運ばれてくるまで差《さ》し障《さわ》りのない社内の話をした。

「結婚するんじゃなかったのか？」

思わず訊《き》いたのは、美鈴が数年も先の仕事の話をしたからだ。

「んー、もう少し先でもいいかなぁって」

運ばれた皿のパスタを、綺麗にフォークに巻き取りながら彼女は応《こた》える。

「いい相手だって言ってたし、おまえ仕事やめたそうだったから、てっきり…」

「いい人よ。今すごく充実してる。だから、今じゃなくてもいいかなって焦《あせ》らなくなったんだよね」

「それ、俺がよっぽど悪かったみたいだな」

「悪かったのよ」

はっきり言う。下井の結婚式で会ったときにも、何か含み有りげなことを言われた気がするが、こうまでストレートじゃなかった。

満足げな表情は好物のパスタにありついてご満悦《まんえつ》だからか、自分を凹《へこ》ませたからか。

前者だと思いたい。久條は少なからず衝撃を受けた。

「柾己と付き合ってる間は、いつも不安だった。憎たらしいぐらい。柾己はいっつも冷静だしね。転勤が決まったときだって、わぁわぁ泣いたのは私だけだったし」

「俺にわぁわぁ泣かれても困るだろ？　俺にだって…落ち着いてられないときはある」

そう――電話一つのことで気を揉《も》んだり、仕事中に何度も溜め息をついてみたり。

最近の自分は、変だ。

美鈴の誘いが大した用でないのは、判っていた気がする。狭苦しいビジネスホテルの部屋で、羽村からの連絡を待ち、自分らしくもなくそわそわするのが嫌だった。だから誘いに乗ったのかもしれない。

「男のくせに、細かいこと気にすんのはみっともないだろ」

「ふーん、柾己って案外古臭いっていうか…『男は男らしくあれ』ってタイプだったんだ？　いいじゃない、細かいの。相手が好きで気になるのに、男とか女とか関係ないんじゃない？」

——好きだから。

だとしたら、羽村はあまり自分に興味がないのか。電話はかかってくる気配もないし、気に留めてすらなさそうだ。

自分ばかりが空回りする。

不安この上ない。

美鈴にも、自分はこんな思いをさせていたのだろうか。

「ねぇ、柾己」

「ん？」

小瓶《こびん》のビールをグラスに移していると、彼女がじっと自分を見た。

「もしかして、今好きな人いるの？」

「え…」

「あー、やっぱり応えなくていい。知りたくないかも」

彼女は困ったように笑った。

「自分から捨てたものでも、誰かが拾って持っていったと思ったら惜しくなりそうだし?」

動揺した久條が狂わせた手元を目線で示し、苦笑する。

今までにない狼狽《ろうばい》振りと失態。よくも悪くも、年の割に落ち着きはらっていたはずの久條は、グラスの外にビールを注《つ》ぎそうになっていた。


仕事が手につかなかった。

なんだか頭と体が分離したような落ち着かない感覚を、羽村は味わっていた。

まともにこなしたことといえば、終業間際のリサイクルボックスの分別だけ。自己嫌悪しながら、無駄に過ごした二時間あまりの残業に見切りをつけた。

会社を後にし、帰りの電車に乗り込めば、また思考は同じ場所をぐるぐると周回し始める。

久條に少し前まで付き合っていた女性がいたのは知っていた。本人の口から聞いた。

『休みは彼女のためにでも使ったらどうだ?』

そう口にした自分に、男は別れたと応えた。詳しい経緯《けいい》は知らない。何故《なぜ》別れたのかも、その相手が本社の女性だったことも。

振られたのだと久條は言っていた。

振られる、とはどんな気分だろう。『落ち込んでいない』とあのとき久條はさらっと語ってのけたが、そんなに簡単に割り切れるものなのか。

嫌いになったわけではない。振られたから、会えなくなったから諦《あきら》めをつけねばならなくなった状況——

判らない。羽村の恋の経験は、なにしろ中学時代にまで遡《さかのぼ》る。ブランクがありすぎた。恋をしてなかったたゆえに、振られた経験もない。

判っているのは…久條の出張先が、本社だということだ。

久條は、その女性に会っただろう。別れた恋人同士とは、どんな顔で会うのだろう。素知らぬ振り、他人の振り、それとも…旧友のように？

羽村は扉の窓に額を押しつけた。

地下鉄の車内で、暗い窓に顔を映して立っているとろくな考えが浮かばない。

今夜の夕飯についてでも頭を巡《めぐ》らそうとした。もう九時近いはずなのに、不思議なほど食べ物への興味が湧《わ》かない。電車を降り、馴染みのコンビニに立ち寄り、弁当を前にしてもそれは変わらなかった。

一層《いっそう》悪いかもしれない。拒否反応さえ覚える。理由は判らないでもなかった。久條のいない今週は、連日コンビニ弁当だ。以前なら一人でもふらりとどこかで食事をして帰ったりもしたが、そんな気になれない。とりあえず今週選んでいないはずの弁当と、ペットボトルのお茶を二本購入した。

帰り着いた部屋でのろのろと食事を摂《と》る。意識はずっとテレビよりもテーブルの上に向かっていた。

ローテーブルの真ん中に置いた携帯電話。

今夜も、彼はかけてくるだろうか。

自分からかけるつもりはなかった。他力本願《たりきほんがん》でも、受動的なわけでもなく、電話をかける発想自体が羽村には欠落《けつらく》していた。

今まで、電話は主に仕事でしか利用してきていない。

電話とは、急を要する用件においてのみ利用するもの。ならば、出張の間毎晩かけてくる久條はなんだという気もするが…久條にとっては、出張先での仕事振りを報告するのが大事な用なのだろうと思っていた。

『参りましたよ。以前の得意先に顔出しに行ったら、ごっそり注文数減らされてて』

『そっちはどう？　こないだの交渉上手くいきましたか？』

『夕飯、今日何食べました？』

『テレビ、今何見てんですか？』

だんだん仕事から離れ、どんどんどうでもいい内容になっている気はするけれど。

とにかく、それが久條の用なのだと信じていた。

箸《はし》をとろとろと動かしながら、携帯電話を見る。食後にお茶を飲み干す間も、気にかかる。昨日かかってきたのは夜中だ。今夜も遅くなるのかもしれない。そう思いつつも、風呂に入るときは脱衣所まで持参した。まるで子守りでもするかのように、家中携帯電話を持って歩く。手のひらに握りしめていた電話を、床に落としたのは深夜だ。

ごとり。床で弾《はず》んだ音に飛び起きれば、深夜一時だった。座椅子に寝そべってテレビを見るうち、寝入ってしまったらしい。

着歴はない。

落ち着かない。寝場所をベッドに移す。寝つけなくなった。一時間ほど布団の中でもぞもぞと寝返りをうち、とうとう羽村はむくりと起き上がった。

ぼうっと暗くした部屋の壁を見つめたのち、布団から這い出す。

寒い。十二月の深夜ともなれば、エアコンを止めてからの室内の温度はあっという間に下がる。羽村は震えながらクローゼットを開けた。目当ての整理ボックスを取り出し、中身を漁《あさ》る。

探し当てた目的のものに、ひどく落胆《らくたん》した。

去年の社員旅行の写真に、久條は写っていなかった。

考えてみれば当然だ。久條が転勤してきてから一年も経《た》っていない。

写真はない。部屋の中に久條を確認できるものはない。姿はなく、声も聞けない。こんな奇妙な焦燥感《しょうそうかん》を、羽村は知らなかった。

誰かのことで、頭が飽和《ほうわ》状態になり寝つけないのも、初めてだった。

どうやってこの満たされない気持ちを補《おぎな》えばいいのか判らず、ただ部屋をうろうろ。散々《さんざん》おろおろしたのち、羽村はハンガーにかけたスーツのポケットに手を突っ込んだ。

久條からもらったばかりの、渋茶《しぶちゃ》コアラのキーホルダー。身を捩《よじ》るコアラの姿は滑稽《こっけい》で、笑いを誘う。うっすら隆起した眉間《みけん》の皺《しわ》が、少しばかり仏頂面《ぶっちょうづら》の久條を思い起こさせる。

握ると不思議と気持ちが落ち着く気がした。

滑稽なのはコアラではなく、いい年した大人がコアラに癒《いや》しを求めていることか。

羽村はベッドに戻り、布団に潜《もぐ》り込《こ》んだ。

「久條くん、おやすみ」

天井に向かい呟いてみる。

落ち着いたはずの心が、また少し波立つ。

淋しいという慣れない感情は、羽村をやっと訪れた浅い眠りの中でさえ支配しているようだった。


「何やってんですか、主任?」

眠そうな目で山内《やまうち》が出社してきた際、羽村はワイシャツを腕まくりし、雑巾《ぞうきん》を握りしめていた。

　新入りの山内の出勤時間が遅いわけじゃない。羽村が早すぎたのだ。

　今朝は一番に会社に来た。普段より一時間も早く目覚めたからだ。シンと静まり返った社内で、いつもの調子でパソコンの電源を入れてみたが、特にすることもなかった。

　茶を飲んだ。机の引出しのお宝コレクションを眺めた。それでも落ち着かず、斜向《はすむ》かいの席を見つめてみた。

　崩れそうな書類の山が築《きず》かれていた。

　書店で平積みの本を整えてしまう羽村は、一旦掃除を始めると窓ガラスの曇《くも》りまで気になってしまうタイプだ。乱雑に積まれた書類をちょっと整えるだけのつもりが、いつしか雑巾を手に机を磨《みが》き上げていた。

「いや…散らかってるようだったんで、なんとなく片づけてたら、汚れが気になって」

「あぁ、なんか先週慌てて帰ってましたもんね、久條さん」

「あ…と、君の机もついでに拭《ふ》こうか？」

　山内は驚いた顔だ。主任が朝っぱらから部下の机磨き…という行為自体が不自然なのだが、羽村は久條の机だけを拭くのは変かと、的外れな気を回す。

「い、いいっすよ、そんな！」

　めっそうもない、と山内は手も首もまとめて左右に振った。

「そうか?」

羽村は再びスチール机と睨み合う。複写式の書類でつけてしまったらしい、謎の羅列《られつ》数字の跡を消そうと力を込めた。

普段は片づけて帰っているようだったのに、何を慌てていたのだろう。

久條が最後に出社した日といえば、家に誘われたあの金曜日だ。早く帰ろうと、焦《あせ》ってくれていたのかもしれない。

もう…家には誘ってくれないだろうか。淋しく感じる一方で、やはり誘われても困るという気持ちもある。

どうして昨日は電話がなかったのだろう。単に出張の成果報告をするのはやめたのか。夕飯事情やテレビの視聴局を知っても意味がないと気がついたからか。

輪郭《りんかく》も髪型さえもはっきりしない女性の影が、久條の姿と並んで頭を過《よ》ぎる。綺麗な女性か否かなんて知らない。知らないけれど、きちんとした女性とまともな交際を久條がしていたのは事実だ。なんだって久條は自分なんかと——何度繰り返しても理由が判らないから、答えは見つからないのにまた自問する。

きゅ。音がしそうなほど、美しくなった机を羽村は何度も擦《こす》った。

「しゅ…主任、もう充分じゃないですか?」

席に着いた山内が、恐る恐るといった顔でこちらを窺《うかが》ってくる。顔でも映さんばかりに、磨き続けていた。

「あ…ちょっとぼんやりしてた」

「しっかりしてくださいよ。疲れ溜まってんじゃないすか？」

「いや、そんなはずはないんだが。昨日も早めに帰らせてもらったしね」

唇の端を上げて苦笑いをして見せた羽村に、ポンと漫画みたく男は手を打った。

「そうだ、主任！」

山内は素晴らしい提案とばかりに、声を大きくして言った。

「今日金曜だし、気晴らしに飲んで帰りませんか？　俺、いい店知ってるんすよ！」


整然とした自分の机の上に、花瓶《かびん》が一つ。出張を終えての月曜日、久條が出社してみると、やけに綺麗になった机の真ん中に、見覚えのある花が置かれていた。

黄バラのアートフラワー。いつもは入り口のカウンターに置かれていたはずの花だった。

白なら供花《くげ》、なんの嫌がらせかと思っただろう。

花瓶を手に眉を顰《ひそ》める。

「おはようございます、久條さん！　久し振りの本社はどうでしたかぁ？」

能天気な声が、人の少ないフロアに響き渡った。

「あぁ、おはよう…」

「あ、その花！　私が飾ったんですよ〜。主任がお掃除して机が綺麗になってたんで、サービスです。入り口のカウンターはポインセチア飾ったから、そのお下がりなんですけどね」

岩木がからからと邪気《じゃき》なく笑い、久條は微妙な表情のままだった。

「主任って、羽村さんが？」

やけにツヤツヤと輝いている机を見下ろす。主任が机掃除。たしかに多少散らかしていた覚えはあるけれど、普通そんなことをするだろうか。

なにを考えてるんだろう、あの人は。

解《げ》せない。結局名古屋にいる間、羽村からの連絡は一度もなかった。捌《は》けない不満をずっしり抱えて戻った久條の機嫌は、正直いってあまり芳《かんば》しくないままだ。

「あぁ、そうだコレ…土産《みやげ》」

「わ、ありがとうございます。なんですか、ういろうですか？　まさか、きしめんじゃないですよねぇ。昼に配らせてもらいますね」

ブリーフケースと一緒に提《さ》げていた紙袋を押しつけると、笑顔の岩木が礼を言いながら引き取っていく。

「ちょっと待て、これも…」

突き出したが一歩遅かった。手元に残った花瓶をどうしたものか。とりあえず応接スペースにでも移そうと向かったところで、フロアに入ってきた男と鉢合《はちあ》わせた。

「あ…久條くん。早いね」

羽村だ。薄手のコートを羽織《はお》った男は、いつも以上に整髪料の効《き》いてそうな頭に、眼鏡をびしりとかけて現われた。眼鏡を外した姿も、前髪を下ろした顔も知っている今となっては、変に堅苦しさを作り込んでいるようにしか見えない。

シャンとしている羽村は、見方を変えると妙な微笑《ほほえ》ましさがある。

「おはようございます。羽村さんこそ、早いですね」

始業時間より随分《ずいぶん》前で、まだ社員は半分も出社していない。

「あ…うん、なんとなくね」

「あー、俺もです。なんとなく」

『なんとなく』を言い合い、『なんとなく』沈黙する。久條が木曜から電話をしなかったため、声を聞くのも四日ぶりだ。

気まずい。変な意地を張ったりせずに、かけてしまえばよかった。今日早く出社してきたのも、気にしていたからだというのに。

羽村のほうはどうなのだろう。居心地悪そうに目を逸《そ》らしたりしている。

「そうだ、掃除…羽村さん、机掃除なんてさせてすみません。ありがとうございます。これ、乗っかってたから何事かと思いました」

「あ、いや、俺が勝手にしたことだから。その花はたしか岩木さんが…」

手にした花瓶に目線が向けられ、久條は苦笑する。

「なんで掃除してくれたんですか？」

「え、別になんとなく…かな。少し散らかってるなと思ったから」

でもそれは『少し』であって、見かねるほどではなかったはずだ。

「く、久條くん」

「はい？」

「こ、今夜は忙しいかな？」

少し困ったような照れたような目線で、羽村が見上げてくる。

頭のどこかがぼんやりしてたのが、一気に醒《さ》めた。さすがにこの問いかけは『なんとなく』なんかじゃないだろう。

「食事…どうかな？　俺は今日は早めに上がれるようにするつもりなんだけど」

「あ、じゃあ俺も努力します」

「よかった、実はもう店は考えてあるんだ」

「そうなんですか？」

男二人戸口で見つめ合い、誘い誘われ。一歩間違えれば…それこそ岩木辺りが目にすれば、何か一言突っ込みでも入れてきそうなもんだが、幸いただの食事の話だから問題はない。

まさか羽村から誘ってくれるとは思わなかった。しかもこんな朝っぱらから。もしや、そのために早く出勤してきたのか。

ポジティブとなった思考は、突然水を差された。

「うん、山内くんと行った店が結構よくてね。君とも是非行きたいと思ったんだ」

「…は？　山内？　山内さんと行ったんですか？」

「うん、金曜日に誘ってくれてね」

羽村はにこりと笑った。白い八重歯が小さく覗く。不意打ちの動揺に、久條はリアクションを綺麗さっぱり取《と》り損《そこ》ねてしまった。


月曜日だというのに、店は混雑していた。

少し辿り着くのが遅くなったせいか、忘年会シーズンの十二月だからなのか、テーブルは埋まっている。通されたのはカウンター席だった。

中では串物《くしもの》が調理され、カウンターの上には照《て》りのいい煮物を盛った大きな鉢《はち》。鼻腔《びこう》を擽《くすぐ》る匂いが食欲をそそる。壁面に作られた棚には、びっしりと酒瓶が並び、珍しいラベルのものも多かった。

たしかにいい店だ。香ばしく焼けた、炭火焼の地鶏《じどり》を頬張《ほおば》りながら、久條は思う。しかし、眉間にはうっすら皺を刻《きざ》みつけたままだ。

いつの間にか羽村が山内と飲みに行ってたのも快《こころよ》くはないが、それだけであれば『君と是非』なんて羽村の誘い文句と相殺《そうさい》され、今頃機嫌よく飲んでいただろう。

「あっ、そうだ主任、あの見積書を渡したら感触よかったっすよ！　上にかけ合ってみるそうです」

右隣の羽村の向こうから、山内の声がする。

「そうか、よかったね。防災用品は値段を勉強するのもいいけど、まず説得力が大事なんだ」

声のほうを窺うと、笑いかける羽村の横顔が飛び込んでくる。

もちろん、どちらも幻聴でも幻覚でもない。

さぁ帰ろうとした夕刻、羽村の隣席の山内に今夜の予定が知れてしまった。聞かれただけならいいが、自分も参加させてくださいときた。

飲み会やコンパじゃないのだ。『参加させて』はないだろう。ないだろうが、二名のはずの参加者は、あっさり三名に。羽村が了承してしまったからだ。

山内にしてみれば、飲み事の話を耳にして一緒に行きたくなっただけだろう。

罪はない。ないのだが――

「主任と離れて淋しいっすよ」

「あぁ、一人での外回りはまだ不安だろう？」

「別に不安だからってだけじゃないっす。ほんっと主任にはよくしてもらったんで、感謝してるし、もっと一緒に仕事したかったと思ってんです！」

がしり。ラガーマンのような大きな分厚《ぶあつ》い山内の手が、羽村の肩を掴む。まるで部活の先輩後輩のノリだ。久條はくいと酒を飲むしかない。

羽村が山内を指導しているのはもちろん知っていたが、こうまで打ち解けているとは知らなかった。羽村を慕《した》っているなとは感じていても、食事に誘うほどだとは気づいていなかった。

――ましで、今まで社内の飲み会も不参加で通してきた羽村が、誘いに乗るとは。

酒好きに共通点を見出《みいだ》したのか。やがてどこかで聞いた風な焼酎談義が始まり、山内がグラスを振りかざす。羽村が笑い、八重歯を見せ、キイキイと奇妙な声を立てる。

「主任の笑い声って楽しいっすね」

楽しい？　陸に打ち上げられた魚でも出しそうな有り得ない声だぞ？　コウモリもびっくりの、ガラスも割れそうな超音波声だぞ？

おまけに一番笑うのは笑点なんだ。笑点の滑《すべ》ったネタなんだ。

心の内で毒づいていると、急に羽村が隣で激しく咳《せ》き込《こ》み始めた。

「羽村さん？　だ、大丈夫ですか？」

「主任！　しっかりしてください、主任！」

ラガーマンが一歩早かった。呆気《あっけ》に取られるほどの勢いと声の大きさで男は飛びつき、羽村の背中を摩《さす》り始める。

羽村は特に嫌がらない。出遅れた手のやり場を、久條はなくした。

「ありがとう、山内くん。もう大丈夫だから。悪いけど、ちょっと洗面所に行ってくるよ」

羽村が席を立つ。店の奥に消えていく背中を見送っていた久條は、無意識に椅子を撥《は》ね除《の》け立ち上がっていた。

「久條くん？」

訝《いぶか》るラガーマンをカウンターに残し、追いかける。

立ち上がった辺りから、自分をマズイとは感じていた。足元はふらつくまではいかないが、体に感じる重力がいつもと違う。ハイペースで飲んでいた自分を、久條は誰より知っていた。

洗面所は店の一番奥にあった。男女は分かれており、バネ式のドアを押し開けると、二つある洗面台の一つで羽村が鏡を覗き込んでいた。まだ少し咳《せき》をしている。

「けほっ、く、久條くん…けほっ、あ、君もトイレ？」

「トイレでもないと、二人で話せそうもありませんからね」

男は目を瞠《みは》らせる。

しまった。嫌味《いやみ》になってしまった。

久條はふうっと息をついた。観念《かんねん》して、本音を言葉に変えた。

「なんで山内さんにＯＫしたんですか？」

「え？」

「なんで、この店に来るのを了解したのかって聞いてるんです」

久條は思わず床を指差し、羽村は固まったように動かないままだった。

「あ…だ、だって、断れないだろ。この店は山内くんに教えてもらった店なわけだし。行きたいと言ってるのを、理由もなしに断ったりできないよ」

「理由…ないですか？　俺と行くからってのは、理由にならないんですか？」

「それは、その…」

理由になったところで、言えないことぐらい判っている。

普通の恋人同士であれば、周囲の方が気を使ってくれるだろうに。誰も気づきやしない。こちらから打ち明けたりもできない。

もどかしい。誰にも言えないばかりか、実際恋人といっても名ばかり。この関係ときたら、友人知人となんの違いがある。羽村にとって、山内と自分とにどれほどの差があるというのだ。

薄暗い感情が湧き上がり、久條はぶるりと頭を振る。眩《まぶ》しい天井が一瞬ぐるっと回り、自分が酔っているのを感じた。

「だいたい、なんで山内と一緒に飲みに行ったりしたんですか？」

鈍《にぶ》った思考より、行動のほうが早い。考えるより早く、言葉は滑り出す。

「いや、行くのは羽村さんの自由です。けど、一言ぐらい知らせてほしかったと…」

「君が…連絡してこなかったから言いそびれたんだ」

「俺が連絡しなきゃ、アンタ電話の一本も寄越さない気ですか」

羽村が後退《あとじさ》る。どうしてだろうと考え、自分が威圧《いあつ》するように一歩前に出たからだと判った。追い詰めてしまう。

そして、もっとも聞きたくない言葉を聞いてしまう。

「それは…俺には、特に用がなかったから」

アルコールが入ってなければ、溜め息一つで済ませただろう。ここまで判りやすい悪酔いもないな、と頭のどこかにかろうじて残る傍観者《ぼうかんしゃ》の自分が思う。

スーツの襟元《えりもと》を摑むと、殴られるとでも思ったのか、羽村が身を竦《すく》ませる。反射的にぎゅっと目を閉じた男に、久條は嚙みつくように口づけた。

冷たい唇だ。酔っ払いの自分の体温は随分上昇しているらしく、冷やりとする。

温度差を感じるキスだった。

自分ばかりが、熱い。

「く、久條くんっ？」

飛《と》び退《の》こうとする体を追う。二つある個室の一方に羽村を押し込め、退路を塞《ふさ》ぐ。隣との薄っぺらな仕切りの壁が、押しつけた羽村の体重に揺れた。

らしくない。

まったくもって、自分らしくない。

酒のせいでおかしくなってるのか。それとも——酒のせいで、本来の自分でも解放されたのか。生まれてこの方閉じていた扉が開かれたとでもいうのなら、勘弁《かんべん》してくれ。

まるで激情にでも駆られたかのようだった。唇を押しつけ、自分の熱を馴染ませる。心に潜《ひそ》んだ熱。こんな情熱を、久條は自分が持ち合わせているとは思わなかった。

「ちょっ…なに、考えっ…」

摑むと案外小さな頤《おとがい》が、逃れようと暴れる。胸を突《つ》っ撥《ぱ》ねてきた両手は、ずしりと重い。衝撃に息が詰まりそうになる。

有り得ない力だ。細身の羽村からは想像できないような力。久條は深く唇を押し合わせ、迷いもなくそれを探り出す。

「や…」

隆起した八重歯の一方。舌を滑らせると、羽村は竦み上がったまま硬直し、久條は思うさまそれを弄《いじ》った。

支配する。吸いついて逃さず、無理矢理手中にする。エナメル質に覆われた、変化などするはずもない硬質のものが、容易《たやす》く膨《ふく》らみ名を変える。

『牙』と呼ぶしかないものに、形を変えていく。

「く…じょ、くんっ、やめ…っ…」

くにゃり。硬直していたかと思うと、唐突に弛緩《しかん》した羽村の体が曲がる。膝を折った男を支えるべく体を押しつけ、違和感に気がつく。合わさった腰で感じる、異物の感触。スーツの下の羽村は、勃起《ぼっき》していた。ただのキス——狙いすましたとはいえ、ただ歯に吸いついただけだというのに。

ずれた眼鏡の下から、男が自分を見る。眼差しが揺れているのは、怒っているからなのか、濡れているせいなのか。

「な…なんで、こんなっ…」

伸びた牙を男は両手で隠し、久條は呼吸を整える。肺の空気を入れ替えれば、重たく淀《よど》んだ頭も少しは冷える気がした。

「ずっと…思ってました。飲みに行きたいだけなら、相手はもう俺じゃなくてもいいでしょ。誰でもいいでしょう」

吸い込んだ息を言葉に変える。ずれた眼鏡を戻してやりながら、『すみません』と詫《わ》びた。ドアを押して久條が出て行くまでの間、羽村は結局一言も言葉は返さないままだった。

◇◇◇

その日、夕方になり会社に戻った羽村《はむら》は、肩を落としていた。

よく喋《しゃべ》りよく動く営業職。一見して内勤《ないきん》より社交的な仕事のようだが、単独行動も多く、孤独な面もある。社内の人間と顔を合わせる時間も短く、そして――擦《す》れ違《ちが》いも多い。

斜向《はすむ》かいの席は無人のままだ。あれから数日が過ぎた。社内で久条《くじょう》の姿を見かける頻度《ひんど》は、極端に減った気がする。たぶん意識して自分と戻りの時刻をずらしているのだろう。

それとも…以前は、擦れ違わぬよう合わせてくれていたんだろうか。

待ってくれ。あの夜、その一言が言えなかった。すぐに動けなかった。唇から長く伸びた牙《きば》は異様で、とても表に出れる状態ではなかった。久条と入れ替わるように入ってきた客に慌て、羽村は個室のドアを必死で手繰《たぐ》り締《し》めて籠城《ろうじょう》した。

口の中の違和感、衣服の下の熱。口を押さえて蹲《うずくま》った羽村は、個室のドアをノックする客に『ごめんなさい、ごめんなさい』と頭で謝り続けていた。

落ち着いてから表に出た。席に戻ると、心配してくれていた山内《やまうち》に、『覗きに行くべきかどうか迷っていた』と言われた。久條が急に帰ってしまって驚いたとも。

久條の姿は、店にもうなかった。自分まで帰ってしまうわけにもいかず、山内の隣で酔えもしない酒を飲んだ。

「羽村主任、どうしちゃったんですかぁ？　溜め息なんかついて」

お茶のペットボトルを握りしめたまま、ぼうっとなっていた自分に気がつく。振《ふ》り仰《あお》ぐと、私服姿の岩木由里《いわきゆり》がショルダーバッグを肩に立っていた。もう帰るところなのだろう。

「元気ないですねぇ。こないだ探してるって言ってたコアラ、まだ見つからないんですか？」

机に開けずじまいで転がっている袋に気がつき、彼女は首を傾《かし》げる。

「あ、いや…」

「あれ？　そういえば、最近ずっと眼鏡《めがね》！　コンタクト、やめちゃったんですかぁ？　主任、コンタクトのほうがずっといいってみんな言ってるのに」

「え…そ、そうかな？　俺はやっぱり眼鏡のほうがいいと思ったから…」

いや、自分で思ったわけじゃない。久條がそのほうがいいと言ったから、コンタクトはやめてしまったのだ。

久條は、どうして眼鏡がいいだなんて言ったのだろう。

「えー、また使ってくださいよ。絶対いいですって！　じゃあ、お先に失礼します」

「あ、あぁおつかれさま」

ぺこりと頭を下げ、彼女は退社していく。羽村ははっとなった。擦《す》りガラスのパーティションに見えた紺色の影。長身の影に曇《くも》らせていた表情を変える。しかし、現れたのは久條よりも一回り大きな男だ。

山内は目が合うと、尻尾《しっぽ》を振りまくる犬のようにして近づいてきた。

「おつかれさまっす。今日はもう帰ろうと思うんですけど、主任は残業すか？」

「いや、今日はもう…」

特に急ぎの仕事は残していない。山内も独り立ちしてくれたので、業務は極めて順調、トラブルもない。残る理由があるとすれば、これから戻ってくるかもしれない男が気にかかることぐらいだ。

「あ、じゃあこれから一杯どうですか?」

言葉に詰まる。男は人のよさげな顔で、目には映らない尻尾を振りまくっている。

羽村は少しばかり罪悪感を覚えながら、断った。

「…すまない。今日は、ちょっと用があるんだ」

「そ…うすか。じゃあ、仕方がないですね」

項垂《うなだ》れた男を宥《なだ》めるために社交辞令を口にしたわけじゃない。ただ、今日のところはとても飲みに行く気にはなれなかった。

「せっかく誘ってくれたのに、悪いね。また次の機会に…今度は俺がいい店を探しておくよ」

懐《なつ》かれて悪い気はしない。酒好きらしい山内は、話題も豊富で隣で飲んでいて居心地は悪くない。

しかし――何かが、決定的に違う。

「じゃあ、お先に」

用があると言ってしまった手前、もたもたと残業するわけにもいかず、羽村は会社を後にした。もしかしたら…と周囲を見渡したエレベーターホールでも、会社の前でも、久條を見かけることはなかった。この数日直帰《ちょっき》のようだから、今日もそうかもしれない。どのみち社内で鉢合わせたときにも、目を逸《そ》らされ無視されてしまった。

『飲みに行きたいだけなら、相手はもう俺じゃなくてもいいでしょ。誰でもいいでしょう』

あれは、どういう意味だろう。もう自分とは付き合えない、ほかを当たれとそういう意味か。確認するのは怖い。だから…あのとき追《お》い損《そこ》ねたのも、日々の擦れ違いも、心のどこかにホッと胸を撫で下ろしている自分がいる。『そうだ』なんてあっさり返されては、ショックで寝込んでしまいそうな大人げない自分がいる。

判《わか》らない。理由がはっきりしないまま久條は自分と付き合ってくれ、そしてまた訳は判らないまま自分は振られてしまったんだろうか。

信号は青なのに、羽村は足を止めていた。会社から二つ目の交差点に差しかかったところだった。青信号なのにぼんやり立ち止まっていた自分に気がつき、渡ろうとするも信号は点滅《てんめつ》を始めてしまっていた。

一息に走り渡ってしまうには車道は広い。足も心も重すぎ、その気にもなれない。

まだ七時前だと思うが、駆け足で下りた冬の夜は、辺りを冷え込ませている。羽村は薄いコートの前を掻《か》き合《あ》わせた。湿《しめ》った風が吹き抜け、雨か霙《みぞれ》でも降るのではないかと見上げた空に、白いものがひらりと舞う。

雪などではない。大きな四角いものは、紙だった。

「あぁっ！」

隣で女性の声が聞こえた。悲鳴じみた声に乗るように、彼女の胸元からは複数の紙が北風に舞い上がる。容赦《ようしゃ》ない北風は、車道までそれを運んだ。

寒そうに薄いブラウスの制服姿の女性だった。どこぞの会社の事務員なのだろう。書類を飛ばしたらしく、おろおろと拾い集め始める。

車の行き交う車道も、書類は右へ左へと躍《おど》っていた。

信号は赤のままだ。この交差点の信号はなかなか変わらない。

羽村は車の間を縫《ぬ》った。クラクションを鳴らして走り抜ける車の間を行き来し、書類を拾って回る。風圧に舞い上がった紙が、屈《かが》んだ羽村の指先をすり抜ける。ふわり、と排気ガスに浮かび上がった紙が、誰かの手に収まり、羽村は女性が車道まで出てきたのかと思った。

「君、危ないから…」

言葉がつかえた。隣で書類を拾っているのは、黒いコートの背の高い男だった。なかなか姿を見れなくなってしまった男だった。

久條は横顔のまま口を開いた。

「危ないですね、たしかに」

判っているなら、何故《なぜ》。

男は歩道に戻ろうとはせず、次々と紙を拾って回る。乗用車のヘッドライトが、いくつも久條の体を舐《な》めるように照らして走り抜け、心臓が冷えるのを羽村は感じた。

「久條くん！　危ないからっ、危ないから君は戻ってくれ！」

「危ないのはアンタも一緒でしょ」

「一緒じゃないだろ！　俺は平気だから…でも君はっ…」

「一人でスーパーマンにでもなるつもりですか？　同じですよ。たとえアンタは怪我《けが》しないとしても、無茶をする姿を見る俺の気持ちに変わりはありません。今のアンタと、同じです」

「久條くん…」

そういえば、犬を助けたとき、久條はやけに機嫌が悪かった。怒っていた。あれは…こういう意味、だったのだ。

「と、とにかく戻って…やめてくれ、頼むからっ…」

久條の傍《そば》を車が走る度《たび》、冷やりとする。こんな気持ちを、あのとき久條は覚えたのか。

やがて信号が変わる。すべての車が停止する。平謝りする女性に書類を手渡し、久條はそのまま会社のほうへと歩き出した。

「まっ、待ってくれ、久條くん！」

「羽村さん、帰るところだったんでしょう？　お疲れさまでした」

「あ、あのっ…」

素っ気ない態度に胸がツキリとなる。再び背を向けられて、臆《おく》した足が歩道のアスファルトに貼りつきそうになる。

喉《のど》がからからだった。あまり水分を取らないでいたのと緊張に、口の中が渇いて不快だった。

「誰でもよくないから」

それだけをやっとの思いで告げる。

男の足が、止まる。

「あのっ、この間のっ、君が言った…」

ろくに言葉が出ない。口の中だけでなく、頭の中まで乾燥したように真っ白になっていた。

「あぁ」

冷ややかな反応に胸が潰《つぶ》れそうに軋《きし》む。

「もういいです、それは」

「まっ、待ってくれ！　誰でも、よくなんかないんだ。君はそのっ、ど、どういうつもりで言ったのか知らないけど…俺と出かけるのに…飽きたのかもしれないけどっ、俺は困るんだ。君じゃないとならないんだ」

久條は振り返った。

歩道は帰宅途中の会社員が行き交っている。羽村の腕を引き、手近なビルのエントランス脇に身を寄せると、男は少し笑った。

「…ありがとうございます。でもそれ、勘違《かんちが》いだと思いますよ。羽村さんは…きっと俺じゃなくても大丈夫。誰とでも、ちゃんと話せるようになったじゃないですか」

「それは…」

誰でも――よくはない。山内と飲みに行ったのは、久條がいなかったからだ。いなくて…そう、淋しいと思ったからだ。社内の人間と話をするようになったのも、久條の存在によるところが大きい。

「それは…人付き合いを拒《こば》む理由がなくなっただけだ。君にしか何も感じない。その…つまり、噛みつきそうになるのは君だけなんだ。だから、ほかの人間と話しても平気だと思った」

疑う男を羽村は見据《みす》えた。

子供の頃から怯《おび》えていた、あの渇望《かつぼう》。血に餓《う》えて人を傷つけ、過《あやま》ちを犯す。そんな恐れから、解放された。

久條がいるからだ。自分が、久條にしか興味がないと判ってきたからだ。

一緒に酒を飲んでるときグラスに伸ばされる手、アルコールに上昇した体温。些細《ささい》なことを酷《ひど》く意識する。久條の傍では、ときに喉の渇きは酷くなり、切ない気持ちに満たされる。ワイシャツから伸びた首筋に、牙を立てるんじゃないかと不安になったのなんて、久條だけだ。

皮肉だ。想いが募《つの》れば募るほど、破滅的な欲望が高まる。

「ただ話せるのと…傍に居てほしいのは違う。君の代わりになんて誰もなれない。君は特別だから…血に興味を持ってしまうのも、隣に居てほしいのも君だけだ」

男は黙って聞いていた。信じたのか、信じていないのか。そっぽを向かれたままの横顔では、判らない。

車道のほうに目を向けていた久條は、少し顰《ひそ》めた眉をしてこちらを見た。

「けど…もう嚙みついたりしたくないんでしょう？　このまま付き合ってたら俺、アンタのこと抱くよ？」

「え…」

「ホント言うと俺、聞き分けよくなんかないみたいで。部屋に呼んだときも、羽村さんを帰したくなんかなかった。だから、どうせ長くは今の関係保《たも》ってられないと思うんです」

動き出す気配がした。鞄を握り直した久條が行ってしまう気配がしたとき、羽村の頭に過《よ》ぎったのは『そんなことで』という思いだった。

もっと重要な、もっと…譲《ゆず》れないことだったはずなのに。羽村は咄嗟《とっさ》に男のコートの袖《そで》を引っ摑んでいた。

「判った、じゃあそうすればいい。今すぐでも、君の好きにすればいい。そうしたら…ずっと傍にいてくれるんだな？」

好きにすればいい、なんて…言われて先に立ったのは、嬉しさよりも苛立《いらだ》ちだった。

あんまりあっさりと言うから、どうせ嘘になるに違いないと思った。心にもない言葉。勢いだけの言葉で、自分を惑わさないでくれと久條は腹が立った。

『じゃあ今すぐに』

まるで売り言葉に買い言葉だ。子供じみた反応で腕を引っ張った久條に、羽村はおとなしくついてきた。

電車で二駅のラブホテル。どうせ羽村は気が変わって『帰る』とごね出すに決まっている。すぐに帰ってしまうにはちょうどいい…そんな理由だけで選んだ場所だった。外回りで利用する電車の車内から、看板の目立っていたホテルだ。

羽村は抵抗する気配すら見せず、安っぽいホテルのそれっぽい目隠しの暖簾《のれん》を潜《くぐ》った。いつまでたっても、『帰る』と言い出さない。もしかするとどういう場所か判ってないのではないだろうか。にわかに久條のほうが焦《あせ》り始めた部屋で、羽村はコートとスーツの上着をハンガーにかけ、断頭台《だんとうだい》にでも上るみたいにベッドに上がった。

潔《いさぎよ》いのか天然なのか。もしくは…書き初《かぞ》めでも始めるつもりか。きっちり正座してシャツを脱ぎ始めた男に、久條は和《なご》むべきか後悔すべきかすらも判らなくなる。

歯医者に引き摺《ひず》ってこられた子供みたいに強張《こわば》った表情。まるで脅《おど》しでもしたかのようで、気分はよくない。苦い気持ちと、可笑《おか》しいような気持ちがせめぎ合う。眉を顰めたくなる一方で、羽村の仕草に口元が緩《ゆる》みそうにもなり、久條はみっともない百面相に陥《おちい》らない代わりに無表情になっていた。

部屋は小洒落《こじゃれ》たバーのような内装だった。中央に位置する大きなベッド。コートすら脱がないまま、久條はそっと男を抱き寄せてみる。

腕の中で、素肌の羽村は身を竦《すく》ませた。きゅっと腕に力を込めれば、泣き人形のように『帰る』の言葉が出るのではないかと思ったが、実際は違う言葉が零《こぼ》れた。

「ま、まだズボンが…」

「皺《しわ》になったら俺がプレスかけてあげますよ」

「ズボンプレッサーなんてついてるのか」

「今時のこういうとこは、頼めばなんでもあります」

「しゃ、シャツは…」

背後に脱ぎ落としたワイシャツを今度は気にしている。久條はとうとう笑ってしまった。

皮肉だとでも思ったのか、羽村は顔を伏せる。

「皺になったって、コート着て帰るんだから関係ないでしょ」

「そ、そんな…」

「問題あります？　コートの下は真っ裸で帰れってんじゃないんだから」

「あ、じゃあシャワーを…」

「もしかして、そうやってのらりくらりとかわそうと思ってる？」

それならそれでもいい。かわされた振りで帰したほうが、後味の悪い思いをしなくてすむかもしれない。

久條の考えとは裏腹に、羽村は不思議そうな表情でこちらを見上げてくる。『帰る』は結局口にしない代わりに、思いがけない質問をぶつけられた。

「君は…本当に俺とこういうことがしたいのか？」

「え…？」

「ずっと気になってた。俺が変わってるから興味があるわけじゃないって君は言ったけど、だったら…俺なんかの、どこがいいんだ。俺が…最初食事を奢《おご》ったりしたからか？」

「は？」

何の話をしているのか。

残業を手伝ったあと、初めて居酒屋で食事を共にした夜のことらしい。いつの話だ。半年前まで記憶を遡《さかのぼ》るのに、数秒かかった。

久條は羽村の体を引き離す。

「人がいいな、羽村さん。そんなんで餌《え》づけできるほど、俺は義理堅《ぎりがた》くもないし、惚《ほ》れっぽくもありませんよ。伝票一枚で、人を好きになってしまう人もいるようですけどね」

「伝票？」

「羽村さん、あなたのことです。下井《しもい》さんに精算伝票のことで優しくされたぐらいで惚れてたでしょ？」

「惚れ…てなんか。ちょっと、いいなと思っただけだ」

羽村は突然顔を顰《しか》めた。何かを思い出したらしい。

「だいたい君こそ、恋人は本社の人だったそうじゃないか」

「え…」

「君が別れたって話してた人だよ。偶然、耳にして…俺も知ったんだ。本社で会ったんだろう？　元気にしてたか？　別れたりして、後悔したんじゃないのか？」

「後悔もなにも、振ったのは向こうだし」

急な問いかけの嵐に呆気《あっけ》に取られる。素直に答えだけは返しながら、それはじわじわとボディーブローのようにきた。彼女のことを羽村が気にする理由は一つしかない。

つんけんと尖《とが》った声も、顔も、自分のためだと思えばもぞもぞと嬉しくなってくる。

「あぁ…そうだったね。君は別に嫌いになったわけじゃないんだ、今も好きなんだろう？」

「嫌いになってませんけど、好きとも違います」

美鈴《みすず》と食事に行ったのは迂闊《うかつ》だったかもしれない。胃袋を満たしただけで、断じて疚《やま》しい展開はなかったとはいえ、羽村が知ったら快《こころよ》くは思わないだろう。

久條は猛省《もうせい》する。

同時に、ふっと口元を緩めてしまった。

「…なにが可笑《おか》しいんだ」

途端にむっとした羽村に突っ込まれた。

「いや、嬉しくて。羽村さんが嫉妬してくれてるんだなと思って」

「嫉妬なんて…俺はただ…」

拗《す》ねたように唇が尖る。久條は自分の想像が間違いでないと知り、ますます嬉しくなる。

「どうして早く言ってくれなかったんです？　会っても口をきくなって言ってくれたら、善処《ぜんしょ》しましたよ」

「そ、そんな馬鹿なこと…言うものか。俺は君よりずっと年上なんだ。子供じみたことは言わない。だいたい口をきかなかったら挨拶《あいさつ》もできないじゃないか。いい大人が再会した相手に挨拶もしないのは失礼だよ。社内ならなおさら、同僚なんだから朝夕の挨拶ぐらいしないと」

久條はまた少し笑った。大真面目の羽村の論点がどこかずれているからじゃない。自嘲的な笑いだ。

自分に呆れる。子供っぽく拗ねていたのは誰だ。羽村の言葉を信じようとせず、自棄《やけ》クソのようにこんな場所にまで連れてきた。

年上で、年下で…上司で部下で、ただの人間で吸血鬼で――全然立場の違う羽村だが、考えていることにそう大差はなかったというのに、相手を知ろうとせず自分ばかりを見ていた。

「羽村さん、俺はまるで子供でした。これだから年下は無茶を言うなんて思われたくないから、物分かりのいい振りをしてた。諦《あきら》めいい振りして部屋から帰したり、電話の一本もなくても気にもしてない振りをしたりね」

「電話？　それは…したくても、俺には用がなかった」

「用？　こないだもそんな風に言ってましたね」

羽村が細い首を傾《かし》げる。いつもはシャツで隠れている鎖骨《さこつ》の辺りが動くのが見える。男は大真面目に問いかけてきた。

「用事がなくてもかけていいのか？」

「俺だって、用もないのに出張の間かけまくってます」

「君のは、あれが用件だったんじゃないのか？」

「仕事の話はともかく、晩飯やテレビの話するのは用でもなんでもないでしょ。羽村さんの食生活知らなくったって俺の出張になんの問題もありません。ただ…」

「ただ？」

「ただ、声を聞きたいからかけてるだけです」

久條は微笑《ほほえ》む。羽村は顔を俯《うつむ》かせ、ぼそりと言った。

「……じゃあ、俺もする」

「そうしてください」

やけに可愛《かわい》らしい態度をするから、思わず堪《たま》らなくなる。照れ隠しに、羽村の髪をぐしゃぐしゃと掻《か》き撫《な》でた。

「や、やめてくれ！　嫌いなんだよ、下ろすの。なんか子供みたいな顔になるし」

自覚してたのか。前髪を下ろした羽村の顔は、もうそれだけで年上には見えない。

「あんまりデコ出してるとハゲますよ？」

「えっ、そ、そうなのか？」

ぷっと久條は笑ってしまい、羽村に睨まれる。

「嘘です。そういえば、最近眼鏡もまたずっとかけてるんですね」

「かけてるんですね…って、君がそう勧《すす》めたからじゃないか」

「え…あぁ、すみません。そうでした、素の顔は人に見られたくないなぁなんて思ってしまって。ね、羽村さん…俺が好きなのは、たぶんこういうところですよ」

「こういうって…？」

「俺の言った取るに足らないようなこと、ちゃんと考えてくれるとこ。真面目に聞いてくれるとこ…」

好きだと思う。好ましいと、思う。

堅苦しいところも、とっつきにくかったところも、実直さの裏返しだ。

久條は眼鏡を取り去り、下ろしたばかりの前髪を掻き上げた。笑ったりしなければよかった。

これでデコを出すのまでやめられたら、ますます素の羽村が知れ渡ってしまう。

頬に手のひらを添え、そっと唇を近づけた。

口元を気にするのは、もう無意識なのだろう。反射的に避けようとした羽村に苦笑する。

「羽村さん、キスぐらいさせてください。それじゃなくても大きな難題抱えてんのに、これ以上複雑にすんのはもうやめましょう」

牙《きば》持ちの吸血鬼だなんて、それだけでおつりがくるほどの問題だ。牙のために散々《さんざん》面倒くさいことになったにもかかわらず、わざわざまた仕向けるなんて、相当物好きだよなぁと自分でも思う。

それでも、羽村が欲しいのだ。

偽《いつわ》りのない気持ちぐらい、シンプルに伝えたい。

久條は羽村を抱き寄せると言った。

単純明快な言葉を並べた。

「俺は、羽村さんが好きです。アナタは、俺が好きですか？」


『久條くんは着痩《きや》せするんだな』とか、『久條くんは体温高くて犬みたいだ』とか、余計なことを考えていられたのは、最初のうちだけだった。ふかふかの布団を肌に感じていられたのも。

潜《もぐ》り込んだはずの布団はない。いつの間にか久條が剥《は》いでしまっていた。羽村が今確認できるのは、背中の下のぱりっと音がしそうに張られたシーツと、そして圧《の》しかかっている男の体温だけだ。

裸の久條は、自分とは決定的に体の作りが違っていた。大して変わらないだろうと思っていた体は、筋肉のつき方がまるきり異なる。痩せているのではなく、無駄がない。密度の高い体は、温度も自分とは違う。

初めて目にした男の体軀《たいく》に、羽村は戸惑った。抱き合うのは二度目みたいなものだと勝手に思い込んでいたが、スーツの下の久條の体すら自分は見たこともなかったのだと知る。意識すると止まらなくなった。肌が触れるだけ、温度の違いを感じ取るだけで体の奥がざわめく。

「羽村さん、いい？」

温かな手のひらが、体温を上昇させた。

胸を摩擦《まさつ》する手。さっきまで引っかかりもほとんどなかった胸は、今は小さく尖った左右の場所が久條の手に抵抗を与えている。そこがしっとり湿っているのは、久條が執拗《しつよう》にキスして舐《な》め回したりしたからだ。

「んっ…んっ…」

手のひらに引き潰されると、じんわりした痺《しび》れが広がる。薄っぺらな胸を弓なりに反《そ》らせ、羽村は鼻で啼《な》いた。

自分の放つ妙な声から逃れたくて、顔を背《そむ》ける。自ら脱いだ衣服が、視界にぼんやり映った。

部屋は照度が落とされていたが、暗がりに目の慣れてしまった今では、部屋の隅々までもが浮かび上がる。輪郭《りんかく》がはっきりしないのは、光の不足ではなく眼鏡を外したせいだ。

壁からオブジェのように突き出したフック。ハンガーには、シャツもスラックスもかかっていた。久條が『はいはい、皺にならないようにね』と笑いながらかけてくれたのだ。普段なら『はい』は一つでいいと思ったりしただろうが、緊張していて頭が回らなかった。

「羽村さん、ちょい腰上げて」

今も同じ。多くは考えられない。

従《したが》ってからあっとなった。唯一残していた下着を引き下ろされ、左右代わる代わるに持ち上げられた足を戻したときには、閉じるのが不可能になっていた。

「あ…」

両足の間に硬い体が割り込む。

男の視線が、剝《む》き出《だ》しの場所に落ちる。

羽村のそれは、あまり立派ではない。油断するとすぐに子供っぽくなってしまう顔つきに比例して、小振《こぶ》りで生まれたてみたいな色をしている。

密《ひそ》かにコンプレックスだった。髪型やなにかで誤魔化《ごまか》しが効く場所でもない。ただ、幸い人に見せて歩くような部分じゃなかった。誰とも生涯恋仲になったりする予定はなかったので、それも救いにしていたのだけれど——

以前触られたときにすっかり知られていたかもしれないが、触られるのと見られるのではまた違う。

「…久條くん、見ないで、見…ぁっ…」

信じられない。緩《ゆる》く勃《た》ち上《あ》がっていた羽村のそれは、小さく震えたかと思うと、透明な雫《しずく》を垂《た》らし始めた。

久條が微かに笑う。肌が、羞恥《しゅうち》に熱くなる。

「見られると興奮する？」

「ちがっ…違う。違う。違う」

「そんなに必死にならなくても…違わないし、変じゃない。恥ずかしいのが気持ちいいのは、羽村さんが俺を好きだからでしょ？　だったら嬉しいことです」

膝頭《ひざがしら》を両手で捉《とら》えられ、足をぐっと畳《たた》んで割られた。顔を近づけられ、覗き込まれ——もっと近くで見られてしまうのだと戦慄《わなな》いた羽村は、次の瞬間頭が真っ白になった。

性器の先を撫でる、柔らかな感触。ぺろりと男は舐めた。平然と久條は口づけた。

「なんっ…で、汚い、汚いよ、久條く…っ」

「汚くないから。いいから、じっとして」

「ダメだっ。口、ダメだって…いい、そん、なのは…っ…」

そういう行為があるのは知っている。

だが、でも……でも！

羞恥、背徳感《はいとくかん》、恐れ。ごちゃ混ぜになる。両手で突っぱねるが、久條の頭は動かない。それに、ごちゃごちゃに混ざり合ったものは簡単に吹き飛ばされてしまう。

濃密な快感だった。膨《ふく》らんだ尖端を軽く吸われる。拭《ぬぐ》うような仕草で、雫をたたえた小さな窪《くぼ》みをなぞられ、その度に羽村の息は弾《はず》んだ。

張り詰めたものが鼓動を打つ。久條が啄《つい》ばむ度、ひくんと脈打つ。

「…や、あっ…あっ…」

熱っぽい肌をシーツに擦《こす》りつけ、指先で何度も布地を掻《か》いた。手の先でも、足の先でも。くの字に折った両脚を突っ張らせ、足元に溜まった布団の波間を踵《かかと》で蹴《け》る。

昂《たか》ぶりは弾けそうに膨らんでいた。いつまでたっても、愛撫は優しく降り注ぐだけだった。

「くじょ…くん、く…ち、口…あぁっ…」

もどかしくてどうにかなりそうだ。

拭われた場所からまた雫が浮き出し、吸い取られる。恥ずかしくて、尖端が溶けてしまいそうにじんじんして、緩く握られただけの部分は泣き出したいくらいに刺激を求めていた。

「も、嫌ですか？　口は嫌？　やめたほうがいい？」

淡い茂みに鼻先が埋まり、根元に唇が押しつけられる。くぐもった声で、先を促《うなが》すように久條は言った。

「嫌…っ、そんな…っ」

「どうしたいんです？」

「…く…ち、…して。もっと…」

口で、してほしい。咥《くわ》えてほしい。

言葉にした瞬間、久條がわざと言わせているのを悟《さと》った。睨むつもりが、ゆっくりと口腔《こうこう》に飲み込まれる自身を目にしてしまい、それどころじゃなくなった。

「…ん、あぁ…っ…」

温かな粘膜《ねんまく》に包まれ、歓喜に戦慄《わなな》く。いっぱいに張り詰めても、標準より一回り小さなそれは、口の中に収まるにはちょうどよかった。

埋もれた枕の上で、羽村は頭を左右に打ち振るう。駄々《だだ》を捏《こ》ねる子供のように、いやいやと首を振る。

熱い。熱くてたまらない。体も、そして——心臓のように鼓動する、口の中の左右に位置するものも。

指が白くなるほど、両手で口を押さえた。太く育ったアレが唇を捲《まく》り上げ、手のひらを押し返してくるのが判る。

熱い。熱い。羽村は手近にあったものを引き寄せ、しがみつくように顔を埋《うず》めた。青い布製のものは、ハンカチでもタオルでもなさそうだったが、なんでも構わない。

濡れそぼつ音が、下のほうから響いてくる。唾液《だえき》か、自分の零している先走りのせいかなんて判らない。

ぼろりと涙が零れた。蕩《とろ》けそうな快楽と、口の中の異物感…あの熱がまた毒のように体中を駆け巡る。

「う…うぅ…んぅっ！」

その瞬間はすぐにやってきた。

息を殺して呻《うめ》く。縋《すが》りついたものをきつく握りしめ、嚙み締めて羽村は達した。我慢できずに、男の口の中に吐精《とせい》してしまった。

青臭いものを飲み下しながら、久條が身を起こす。

「…あぁ、大きくなってしまったんですか？」

口元を隠し、ぼろぼろとまた泣いている羽村に気がつく。理性を突き崩す本能は、羽村を血に餓えた怪物に変えるというより、むしろ幼い子供に戻してしまう。

「見せて」

羽村は首を振った。

「羽村さん、それ俺のシャツだよ」

引き寄せたものの正体。言われてようやく気がついた。自分はハンガーにかけてもらいながら、久條のシャツは皺くちゃの揉《も》みくちゃ。気が咎《とが》めるだけの思考は戻ってきていたけれど、どうしても手放せない。

ただ無言で首を振り続ける。

「いや、別にシャツぐらいどうなってもいいんだけどさ。なんでソレ見せてくれないの？　抱いていいって言いましたよね？　俺とセックスするって、ソレ込みでしょ」

「が、ま…ふる」

「がまふる…我慢する？　できんの？　キスだけでも、大きくなっちゃうぐらいソレって敏感なのに？　今だって喋《しゃべ》れないぐらい大きくなってんでしょ？」

答えられない。そのとおりだったからだ。たくさん喋れない。

早く静まれ、静まれ。頭で念じても、初めて受けた大きな快楽の余韻を、体はまだ引き摺っている。反芻《はんすう》して味わうように、熱っぽく疼《うず》いている。

男は軽い溜め息をついた。それから、優しい眼差しで羽村を見下ろした。

「吸血鬼って…随分エロティックなんですね。嚙まれた人間も吸血鬼になるって、本当かもしれませんね」

珍しく汗ばんだ羽村の額《ひたい》を、久條の長い指が行き交う。

男は額に張りついた前髪を梳《す》いてくれた。乱れた髪を撫でつけながら、幼子《おさなご》に言い聞かせるみたいに話しかけてくる。

「まるで繁殖《はんしょく》だ。ソレで仲間を増やすんですよ、きっと。ねぇ、羽村さん…こないだ俺が教えた場所、ちゃんと覚えてます？」

嫌がる右手を強引に取られた。引き剝がされた指がじりじりと導かれた先は、久條の首筋だった。

耳の、ちょうど真下の辺り。羽村の指先を、男は自《みずか》らの首へぎゅっと押しつけた。

「ここですよ、頸動脈《けいどうみゃく》。深呼吸してみてください。指先に神経を集中させて…判りますか？　脈打ってるでしょう？　この下に、流れてんです、俺の血は」

馬の鼻先に人参《にんじん》…いや、肉食の獣の前に、血を塗りたくった身を投げ出すかのようだ。

羽村は激しく首を横に振った。

したくない。したくない。そんなこと、やっぱり嫌だ。

そう思いながらも、指先がジンと熱くなる。まるで愛撫でもされたみたいに、疼いてくる。

久條の脈を感じた。皮膚《ひふ》の下に確かに存在する、熱い奔流《ほんりゅう》。

「上手に刺してくれなきゃ、俺嫌ですからね。前みたいのは勘弁してください」

「…ない、ひない」

「しないって言ったって、いつまで我慢できるか判らないでしょ？」

額に唇がしっとりと押し当てられる。頭上で男が何事かごそりと始めたのは気がついたけれど、解放された手を取り戻すのにいっぱいだった。

油断をしたら、シャツを引き剝がされてしまうのではないか。醜《みにく》い顔を見られるのは嫌だ。

ほかの人にはない、普通じゃないアレを見られてしまうのも。嫌だ、絶対に嫌――

口元を隠すのに手一杯で、羽村は完全に無防備だった。

「ひ、あっ！」

果てたばかりの性器をきゅっと握られる。

もう終わったんじゃなかったのか。そんな意識は無視して、敏感な部分を根元から扱《しご》かれる。

久條の手は濡れていた。片手に収まってしまいそうに小さくなりかけた中心を、濡れたその手はぬるぬると卑猥《ひわい》に上下する。

「ひ…っ、にゃ…な、に？」

「布団に入る前に自販機で買っときました」

「じ、じひゃ…？」

喋るほど間の抜けた声になり、男は目を眇《すが》めて笑《え》んだ。部屋の中に小さな自販機があるのだと、久條は言った。

潤滑剤《じゅんかつざい》とやらにまみれた手が、未知の場所を侵略する。どろどろに濡れた指が、尻の狭間《はざま》にぬるりと滑り込み、羽村は驚きに身を弾ませた。

「俺の、ここに入れさせてくれますか？」

道筋の途中の窪みを、男は突いた。

反射的に首を振る。

「ダメ？　じゃあ俺はトイレで抜けってこと？　俺と同じようにはできないでしょ、口…大変なことになってるみたいだし」

内股《うちまた》に押しつけられた男の屹立《きつりつ》に、羽村は頰を熱くする。

「…て、てれする」

「なんて言ってるのか判りません」

精一杯の返答を、男は冷たくかわした。少なからずショックを受け、久條は慌てたように取《と》り繕《つくろ》う。

「いや…ごめん、今のは嘘。でも…手じゃなくて、すごく羽村さんが欲しいのは本当。ダメ？どうしてもここは嫌？」

見上げた黒い眸《ひとみ》が、余裕を失い始めて見えた。内股で感じる久條の熱が、じんわりと肌を炙《あぶ》るように刺激する。

こんなときにだけ、年下男らしく振舞《ふるま》って甘えるのは反則だ。ダメなものもダメだと拒否できなくなる。嫌なことも嫌だと、言えなくなる。

「……なひ…いやじゃな…ひ」

嫌じゃやない。

本意でないはずの言葉。羽村は舌足らずとなった声で、口にしてしまった。

折《お》り畳《たた》まれて腰が浮く。胸の辺りに膝頭《ひざがしら》を押さえ込み、戻らないよう男は体重をかけてきた。剝き出しに開いた尻の谷間を、濡れた手指がまさぐる。小さく噤《つぐ》んだ場所を指先が潜り始め、羽村は男の身の下でぶるぶると体を震わせた。

長い指が入ってくる。雄を受け入れさせようと、馴らし始める。

「…くじょ…あっ、あっ、ひぅっ…」

そこを指で開かれる間、羽村はずっと啜《すす》り泣いていた。辛《つら》いのとは違う。体が作り変わっていくようで恐ろしかった。体のそこかしこで灯《とも》る熱をどうしたらいいのか判らずに、ただただ翻弄《ほんろう》される。

「…あぁっ！」

スイッチを押されたみたいに声が出た。どこだかはっきりとしないけれど、触れられると甘い電流が走り出す。特別な場所なのだと久條は言った。前立腺《ぜんりつせん》と言うのだとも説明してくれたが、ほとんど聞こえていなかった。

前も後ろも、じっとりと纏《まと》わりつくように濡れていた。潤滑剤とやらで開かれた場所も、再び勃ち上がった羽村の性器も。どろどろになった。外だけじゃなく、内側さえも…思考は蕩けてどこかへ流れ出し、官能と熱だけを残す。

「羽村さん、いい？　気持ちいい？」

指が抜き出され、別のものが宛てがわれる。

最初、何か硬い無機質なものでも当たったのかと思った。そう勘違いするほど、久條の屹立は硬く撓《しな》っていた。

乾ききらない涙に濡れた目尻に、男は唇を押し当ててくる。

「…キスしたい。今、したい」

切なく掠れた声。唇を頑《かたく》なに隠す羽村の返事は、待たずとも判っていたのかもしれない。問いかけは宙に浮いたまま、ひくんと呼応《こおう》した部分を男は割り開いた。

「ひ…ぁっ…!」

入ってくる。ずるずると久條が沈み込んでくる。慎重な動きはゆっくりなあまり、信じられないほど大きなものを飲み込まされていくような感じがした。

痛みはさほどでもない。不要なほどに久條が潤滑剤を足し続けたせいだ。ただ、蕩けた場所を開かれる異物感だけが、羽村を支配した。そこが久條でいっぱいになる。全身の感覚が集まったようになる。

熱い強張りが、体の中を自由にした。擦られて膨らむ快感が、羽村に久條を求めさせた。

「くじょ…っ、…じょっ…あぁ…っ」

名を呼ぶことさえままならない快感など、今まで知るはずもなかった。

体の奥が、勝手にそれを求める。久條の律動に合わせて、欲深になる。切なく口を窄《すぼ》めて男を引き留め、内側を波打たせてはまた誘い込む。

「ん…いい、羽村さ…」

低い吐息を男が零した。吹きかかる息にさえ、肌が震えて悦《よろこ》んだ。

「んっ、ふぅっ…」

息が苦しい。もっと…もっと、たくさんの酸素がほしい。けれど、それはできない。何故できないのか。何故、なぜ……考えは散り散りに漂い、纏まらない。

青いものが視界の半分を波打っていた。そうだ、青いもののせいだ。自分が、自分で呼吸をできなくしているからだ。

「ね…羽村さん、キスさせて」

片肘《かたひじ》をついた男が優しく髪を撫で、それに手をかけた。

「…ら…めら」

ダメだ。そう応えたものの、頭はとうにぼんやりとしていた。快楽と、酸欠と。朦朧《もうろう》とする羽村から、男は大事なものを奪い取った。

久條の青いシャツは、噛み締めていた羽村の唾液と吐息のせいで、色が変わってしまっていた。

「や…っ…」

しーっと男は囁くように言って、そっと口づけを落とす。痛ましく捲れた唇を、そろりと啄ばむ。閉じることさえままならなくなった羽村の口からは、白い二つの牙が伸びていた。かつてないほど、太く逞《たくま》しく育った犬歯《けんし》。グロテスクな姿にもかかわらず、久條はそれをうっとりと愛《め》でるかのように見下ろしてきた。

「や、…や…」

背けようとした顔を両手で捉えられる。身を捩《よじ》れば繋《つな》がった部分が引《ひ》き攣《つ》れ、甘い衝撃を返してくる。

言葉さえ満足に出せない。感情が昂《たか》ぶる。ぼろぼろと涙が溢《あふ》れる。自分にだけ何故か備わってしまった醜い器官を見られるのに、羽村は激しい羞恥を覚えていた。

「泣かないでください、羽村さん」

男の長い指がそろそろと唇を辿《たど》り、捲れて覗いた粘膜に触れる。その先に伸びた牙を、すっと辿る。

「…これ、すごく綺麗だ」

「あっ…」

羽村はぴくりと睫《まつげ》を震わせる。自分の内にいる久條が、また少し形を変えた。

久條は興奮しているらしい。何故だか判らないが、自分の牙を見ると刺激されるらしい。どこか素《そ》っ気《け》なかったり、クールだったり…そんな会社での顔からは想像のつかない表情で、久條は自分を見下ろしていた。

欲情した、雄の顔。

「俺の血、欲しい？　我慢しなくていいのにさ。吸ってもいいんですよ、これで…」

羽村の牙に男は口づける。舌先で、艶《なま》めかしく辿ってくる。しゃくりあげるように、羽村の喉は鳴った。柔らかな舌に長く伸びたそれを掬《すく》われ、唇に食《は》まれる。

舌で包むようにして吸い上げられると、合わさった腹の間がしとどに濡れるのを感じた。腹の間で押し潰され、張り詰めていた性器の先がまた小さな口を開く。とろりとした切ない涙を零す。

「や…やっ…ふぁ…っ…」

繋がった腰を揺さぶられ、羽村は泣いた。

久條の硬い肉に擦られ、あの特別な場所を突き揺すられて、啜り喘《あえ》いだ。

深い快楽に、意識がふわふわとなる。ときに重く沈み…やがて高みまで上り詰める。

「羽村さん、好きです…好き…」

男の声は、優しく耳を擽《くすぐ》る。心地いい。両の牙に施《ほどこ》された口づけ。やがてその奥で縮《ちぢ》こまっていた舌を、救出でもするかのように引き出され、絡《から》め取《と》られてキスをされた。

忙《せわ》しない息遣《いきづか》いを、口づけに封じ込められながら、羽村は欲望を解き放った。

熱いものが、体の奥でも迸《ほとばし》る。いくらも間を置かないうちだった。

「あっ…あっ…」

羽村は男の背に取り縋った。汗で滑る背中にしがみつき、余韻に震えている腰を揺り動かす。注ぎ込まれたものが溢れ、くちゅくちゅと音を立てた。抱き合う体に男が身を委《ゆだ》ね、沈み込んでくる。上気した肌の温度、汗の放つ香り。硬い襟足の髪が、頬を擽る。

羽村は、男の首筋に鼻先を埋めた。

頭の奥が痺れるような匂いに包まれる。

濃密な匂い。

命の匂い。

生命の、久條の――血の、匂い。

そこから先は、記憶が曖昧《あいまい》に途切れた。

◇◇◇

街は浅い眠りから完全に覚めようとしていた。

静かで起き抜けのようだった通りも、駅が近づけば足早に歩く人の姿が目立ち始め、ホームに上がればいつもの電車を待つ人の姿でいっぱいになる。

ラッシュ前の早朝。顔色悪く口数も少ない男の隣に、久條《くじょう》は立っていた。

顔色だけなら、本来久條のほうが悪くなっていて然《しか》るべきだ。起き抜けに覗いたホテルの洗面室の鏡には、たしかに少し血色の悪い顔が映っていた。いや、単なる光の加減だったのかもしれないが――左の首筋にぽっかりと空いた二つの穴は、光源の関係などではない。

痛みはなかった。牙《きば》で貫《つらぬ》かれたときも、恐怖も激痛も感じなかった。曖昧《あいまい》な記憶。痛覚は完全に麻痺《まひ》していた気がする。結構な深さで、大きさもけして小さくない穴ができあがっていたにもかかわらず、不思議と痛んだ記憶がない。

テーブルのクロス引きみたいなものだろう。勝手な見解に至った。恐々、じわじわ刺してたのでは、上手くいかないどころかじくじく痛みもする。たぶんそういう類《たぐい》のもの。

のんき気に考えを纏《まと》める久條に対し、羽村《はむら》はといえばいつまでもベッドの上で膝を抱えて小さくなっていた。着替えもせず、昨夜《ゆうべ》シャワーを浴びて羽織《はお》った薄っぺらなバスローブのまま。

台風一過。一夜明け、平静を取り戻してみれば、自己嫌悪でいっぱい…といったところらしい。

「なんでそんなに落ち着いてるんだ、君は」

いじけた男の顔は蒼白《そうはく》だった。どっちが血を吸われたんだか判らない。

「蚊に刺されたのとは訳が違うんだぞ？　君が煽《あお》ったりするから！　どうしたらいいんだ、俺は、俺はっ…」

「俺は現実主義者なんです。どうもしなくていいでしょ、今のところなんともないんだし」

久條は精神的にはタフなほうだった。ロマンチストでも、空想家でもない代わりに、現実に起こった出来事はどっしり受け止め、必要以上にうろたえたりしない。先のことをあれこれ想像して悩むのは、無駄であり合理的でない。

早く、早く。服を着せようと羽村を促《うなが》した。半病人のような態度の羽村は、急いでいる理由を明かすと途端に協力的になった。

着替えの問題だ。シャツぐらいどうなってもいいなんて豪語《ごうご》したものの、とても営業マンとして一日やり過ごせる状態じゃない。羽村にタオル代わりに扱《あつか》われたシャツは皺《しわ》だらけで、羽織るのがやっと…スーツの上着どころか、コートで隠さないと襟《えり》の乱れは誤魔化《ごまか》しようもなかった。会社のロッカーに替えのワイシャツを常備しておいてよかった。

「久條くん、ごめん。ごめんな」

何度も謝りながら服に袖《そで》を通す男が妙に可愛《かわい》くて、その赤く染まった小さな耳にキスをした。当然、その後は慎《つつ》ましく小さくなった八重歯の覗く唇にも。やっと離れたはずのベッドに押し倒し、恋人のせっかく結ばれたネクタイを解《ほど》いてしまわずに済んだのは、久條が理性と忍耐力を総動員したからだ。

やはりラブホテルなんて場所は、勤勉な営業マンが目覚めるには相応《ふさわ》しくない。意志薄弱《はくじゃく》になりそうな自分を叱咤《しった》し、久條は七時過ぎには羽村と共に駅に向かった。

「羽村さん、腹減ってないですか?」

ホームで並んだ男に声をかける。無言で首を振る羽村は、本当に食欲もなさそうだ。まだショックを引《ひ》き摺《ず》っているのか。そういえば、夕食をすっ飛ばしたせいで深夜に腹が減り、軽食を部屋に取ったが羽村はそれもほとんど手をつけないままだった。

「なんか食べなきゃマズイですよ。そうだ、会社の近くにカフェがあるでしょ。あそこ、モーニングやってたはずだから、寄りましょうか？」

「いや、俺は…あぁでも、君はたくさん食べた方がいい。え、栄養摂《と》らないと。そうだ、血を増やすにはレバーがいいんじゃないのか？」

「朝からレバーは勘弁《かんべん》してください。っていうか、どこのカフェがレバ肉なんか出してるって言うんです」

久條は苦笑する。元々天然ボケ気味な男だが、ぼんやりして拍車《はくしゃ》がかかっている。

とりあえず喉《のど》ぐらい潤《うるお》そうと、駅のホームの自販機に向かった。缶コーヒーを買うつもりで財布を取り出そうとしたときだった。

量を飲みたがる羽村は、お茶のほうがいいだろうか。

振り返った久條は、顔色を変えた。

羽村がいない。背後にいるはずの男は、ホームの縁《へり》にしゃがみ込み、今にも発車しようとしている電車との隙間に手を突っ込んでいる。

「羽村さん！　なにやって…っ！」

驚いた。血相を変えて飛びつき、引《ひ》き剝《は》がす。電車は動き出し、閉じたドアの向こうに並ぶ呆気《あっけ》に取られた眼差しが、遠ざかっていく。

ホームに集まる人々も、呆然とこちらを見ていた。すぐ傍《そば》には、おろおろしている女性の姿。昨夜も見た風な光景に、馴染《なじ》みのある嫌な予感が急浮上。クローズアップされる。

「いや、彼女が傘を落としたって言うから…」

「傘!? なに考えてんですか、アンタはまた！ 怪我したらどうすんですか！」

動き出す電車とホームの隙間に手を突っ込むなんて、正気の沙汰《さた》じゃない。

「大丈夫だよ、だって俺は…」

久條は睨《にら》み据《す》えた。羽村は『あ』と呟き、しゅんとなる。

「…そ、そうだったね。心配させてすまない、つい」

駅員がトラブルに気づき、走り寄ってくる。傘は無事駅員の手によって拾い上げられ、申し訳なさそうに頭を下げる女性の手に戻った。

脱力する。ホームのベンチに並び座ると、目を向けた羽村の手の甲に血が滲《にじ》んでいるのに気がつき、久條はまた少し表情を険《けわ》しくした。

「羽村さん、血が…」

「大丈夫、擦《かす》り傷だ、すぐ治る」

羽村によると、思い返しても怪我らしい怪我を今までした覚えがないらしい。生死にかかわる怪我が、一分やそこいらで治癒《ちゆ》してしまうぐらいだ。擦り傷などものの数秒で治ってしまうのだろう。

「俺にもその力移ってんのかな」

ベンチに背を預け、久條は自分の手のひらを見つめてみる。体調は至って普通。怪我は元々さかむけの一つもないから判《わか》らない。隣で羽村がむっと唇を突き出した。

「だからずっと悩んでるんじゃないか。怪我が治るぐらいならいいけど、久條くんまで死なない体になってたら俺はどう責任をとったらいいのか…」

「早死にするよりは親は喜ぶでしょう」

「簡単に言うなよ。現実問題、老後はどうするんだ。不老不死なんて…定年後の生活費はどうしたらいい。六十すぎて再就職なんて、考えただけで気が重いよ」

「淋《さみ》しいこと言わないでください。俺は二人なら結構それもいいかなって思いますよ。羽村さんを一人で残すかと思うと、そっちのほうが気が重い。つか…羽村さんって吸血鬼のくせして堅実すぎ…」

苦笑する久條は、表情を強張《こわば》らせた。二、三度目を瞬《しばた》かせ、羽村の左手を凝視する。

「それ、どうしたんですか？」

「え…？」

「それです、その怪我。治ってませんよ？」

羽村の左手の甲からは、滲んだ血が今にもぽたぽたと垂《た》れ落ちそうに道筋を作っている。とても『回復した』もしくは『これからすぐに治ります』といった状態ではない。

「え…えっ、ど、どうして!?」

「どうしてと俺に訊《き》かれましても」

羽村が手を振るから焦《あせ》った。体温計の熱を冷ますのとは訳が違う。振ったところで治りはしないだろう。それどころか、ますます血が溢れる一方で、怪我をしたことのない男は自分の血に軽くパニック。吸血鬼が血に弱いなんて、もう笑うしかない。

「落ち着いて、落ち着いてください、羽村さん。とりあえず、手を動かさないで！　じっとしてたら止まります、普通の怪我ですよ、普通の…」

コートのポケットからハンカチを取り出し、押しつける。自《みずか》ら口にした『普通』という単語に思い当たった。

「これって、もしかして…羽村さん、『普通』になってきてんじゃないですか？」

「ど、ど、どうして？」

「だから、それを俺に訊かれても…」

体調不良。風邪でも引いたか、季節外れの花粉症か。あれだ、白雪姫だ。王子のキスで毒林《どくりん》檎《ご》が転がり出たのと同じ、昨夜セックスをしたから体質が変わったとか――

支離滅裂《しりめつれつ》な思考を巡らし、顔を見合わせる。

二人は同時にあっとなった。

「俺の血、ですかね？」

「そ…うかな、そうかも…でも！」

「考えてみたら…吸ったほうが感染するってのは理に適《かな》ってる気がします。俺の『普通』のほうが移ったんですよ。ウイルスなら、血を飲んだほうが病《や》むのは当然でしょう。よっぽど強力な抵抗力でもない限り」

「俺の力が…弱いってこと？」

「純血種じゃないとか」

「そんな、人を絶滅危惧種《ぜつめつきぐしゅ》かなんかみたいに。だいたい何を根拠に言って…空を飛べないからか？　コウモリと仲良くできないからか？」

「根拠ならありますよ」

久條は指差した。ホームからは、ビルの連なりが見える。朝日にきらきらと輝く大きな街。冬の日差しは優しく街を包み、そしてホームのベンチに並び座る二人の元まで届いている。注ぐ光に顔を照らされ、羽村は空に浮かぶ光の源を見つめた。

「太陽の光、浴びても平気なのはその証拠じゃないですか？」

思わず無言で手と手を取り合ったサラリーマン姿の男二人に、ホームを利用する人々はぎょっとした目を向ける。

「老後の心配、しなくていいかもしれないですね」

「そうだといいけど…まだ、どうかな。あぁ、これ…ありがとう。汚してしまって、ごめん」

傷口に押し当てていたハンカチを、男は返してくる。血は完全に止まっていた。たしかにまだ人よりはずっと治りは早いかもしれない。

屈《かが》んだ羽村は、足元の鞄をごそごそし始める。

「そういえば、たしか絆創膏《ばんそうこう》をここに…」

「怪我しないのに、絆創膏なんて持ち歩いてんですか？」

「ん？　いや、岩木《いわき》さんにもらったんだ。こないだコアラのキーホルダーを一つ上げたら、そのお礼にって…あったあった」

取り出された絆創膏は、ファンシーなパンダ柄。趣味が悪い。三十路《みそじ》男がそれを使うのはいかがなものか。躊躇《ためら》いもなく手の甲に貼りつけてしまえる姿を見るに、趣味は食玩《しょくがん》集めというより…単なる可愛《かわい》いもの好きなのかもしれない。

「君にはこれをあげるよ」

一緒に取り出したキーホルダーを、手渡される。例のコアラグッズだった。

「探してた『身悶《みもだ》えコアラ』、こないだ見つけたんだ。これがそうだよ」

「身悶え…って、俺が羽村さんにあげたヤツじゃなくて？」

「あれは普通の。これは暗闇で光る、蛍光《けいこう》バージョン。シークレットで滅多《めった》に出ないものでね、随分《ずいぶん》探したよ。もしかして、噂だけで本当はそんなもの存在しないんじゃないかとさえ…！」

「よ、よかったですね見つかって」

熱弁を振るわれ反応に困る。頬を微妙にひくつかせていると、羽村がにっこりと笑いかけてきた。

「うん。それは、君にあげる」

「え、でもせっかく貴重な…」

「俺には君がくれたのがあるから。そっちのほうが、大事だから」

八重歯を覗かせてのそのセリフは反則だ。

ハートを射抜かれ、息も絶え絶え。鼻息荒く、やに下がってしまいそうになる顔を引き締め、久條は崩壊寸前の男前をどうにか保ちながら言った。

「ありがとうございます。このお返しは、クリスマスプレゼントでしますよ」

今年も残り僅《わず》か。もうすぐ恋人たちの一大イベントが控《ひか》えている。ラブホテルなどではなく、もう少し夜はロマンティックに過ごさねば。

「クリスマス、一緒に過ごせますよね？　ケーキとチキンと、それからレバ肉を食べないと」

「れ、レバ肉？」

「そう、完全に治るまでとことん付き合いますよ。プレゼントはなにがいいですか？」

「プレゼント？　あぁ久條くん、そういえばね、渋茶コアラのシークレットにサンタバージョンも入ってるらしいんだよ」

「え…ま、また渋茶コアラですか？」

ロマンティックはほど遠いかもしれない。

苦笑を浮かべながら、隣の羽村の背中を久條は押しやる。出勤時刻だ。今日もしがないサラリーマンは会社で現実に揉《も》まれなければならない。

「さぁ、そろそろ行きましょうか」

なにはともあれ——今年のクリスマスは、サンタがやって来てくれそうな予感がした。

あとがき

砂原糖子

みなさま、はじめまして。ディアプラスさんでは初めての単行本となります、砂原糖子《すなはらとうこ》と申します。他社さんから読み続けてくださっている方には「お久しぶりです、こんにちは」でしょうか。どちらのお方も、手にしていただきありがとうございます。

あとがきを久しぶりに書くもので、緊張しております。この小説の本編は雑誌に掲載していただいたものですが、当時も非常に緊張しておりました。なにぶんプレッシャーには弱い私です。ディアプラスさんでは初めてのお仕事ということで、「ちゃんとしなくては…初めて読んでくださる方もいるかもしれないんだし、ちゃんとした話にしなくては…」と胃が気持ち悪くなるほどぐるぐる悩んだ末に書いた話がこの作品です。

どこがちゃんとしてるんだか。

という突っ込みは、すでにセルフで何度も入れておりますのでお許しください。

リーマン物です。でも吸血鬼《きゅうけつき》物です。極《ごく》普通の地味な社内恋愛ネタです。でも吸血ネタです――たぶん「ちゃんとしなくては」と思うあまり、360度回転、裏の裏の裏はやっぱり裏…という状態に陥《おちい》ってしまったようです。チャレンジャーですみません。何ゆえこんな思い切ったネタに手を出したのか、私自身未《いま》だ判《わか》らないでおります。

依田《よりた》先生、素敵な挿《さ》し絵《え》をありがとうございました。大好きな依田先生が挿し絵を描いてくださるということで、またとても緊張いたしました。勢い余って妙な作品にしてしまい申し訳ありません。コアラグッズを考えてくださったり、とても細やかなお気遣《きづか》いでイラストを描いていただき感謝いたしております。羽村《はむら》も可愛いところのあるリーマンキャラに仕上げてもらい、大変嬉しかったです。

そして、こんな私に声をかけてくださった編集部の皆様、ありがとうございます。思い返せば、お声をかけていただいてからもう何年も経《た》っているわけですが、こうして一冊の本の形にしていただく日がくるなんて感無量《かんむりょう》です。ご迷惑をおかけしないよう精進《しょうじん》いたしますので、これからもどうぞ宜《よろ》しくお願いいたします。

最後に、この本を手に取り読んでくださったみなさま、本当にありがとうございます。いかがでしたでしょうか。少しなりとお気に召された部分があるとよいのですが…ご意見ご感想などありましたら、些細《ささい》なことでも構いませんのでお聞かせくださいませ。極々普通のシリアスやコメディも書いておりますので、見かけられました際にはまた思い切って読んでみていただけると嬉しいです。

ありがとうございます。どうかこの本がみなさまの息抜きのお役に立ちますように。

2005年7月

砂原糖子。

はすむかいのヘブン

斜向かいのヘブン

この本を読んでのご意見、ご感想などをお寄せください。
砂原糖子先生・依田沙江美先生へのはげましのおたよりもお待ちしております。
〒113-0024　東京都文京区西片2-19-18　新書館
[編集部へのご意見・ご感想] ディアプラス編集部「斜向かいのヘブン」係
[先生方へのおたより] ディアプラス編集部気付　○○先生

初　出
斜向かいのヘブン：小説DEAR+ 04年アキ号（Vol.15）
隣のヘブン：書き下ろし

新書館ディアプラス文庫

著者：**砂原糖子**［すなはら・とうこ］
初版発行：**2005年 8 月25日**

発行所：株式会社**新書館**
［編集］〒113-0024　東京都文京区西片2-19-18　電話(03)3811-2631
［営業］〒174-0043　東京都板橋区坂下1-22-14　電話(03)5970-3840
［URL］http://www.shinshokan.co.jp/
印刷・製本：**図書印刷株式会社**

定価はカバーに表示してあります。乱丁・落丁本はお取替えいたします。
ISBN4-403-52112-6